A nuestros "aluciimontes
exploradores con un beso muy
fuerte de
Mª Angela y Luis

Diciembre 2013.

PLANETA EXTREMO

EXPLORA LO MÁS ALUCINANTE DE LA TIERRA

geoPlaneta

PLANETA EXTREMO

EXPLORA LO MÁS ALUCINANTE DE LA TIERRA

MICHAEL DUBOIS   **KATRI HILDEN**

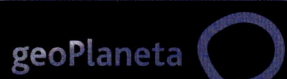

PLANETA EXTREMO

En Lonely Planet hemos querido hacer un libro sobre lo más extremo y fascinante que hay en nuestro sorprendente mundo.

ADVERTENCIA: Estas páginas son un poco ASQUEROSAS, así que mejor que MAMÁ y PAPÁ no vean este libro… ¡Guárdalo bien!

Prepárate para el viaje de tu vida por los lugares MÁS CÁLIDOS, *más húmedos,* **más profundos,** más fríos, MÁS ALTOS, **más secos,** *más ventosos* y **más salvajes.**

Descubre las gentes más curiosas y los animales **más grandes,** MÁS PEQUEÑOS, *más apestosos,* más viscosos y más **raros** de nuestro mundo.

Para empezar a explorar el **PLANETA EXTREMO,** solo tienes que pasar la página…

SUMARIO

Caminando por la vida. Los **milpiés** son las criaturas **con más patas.** Tienen hasta **400 patitas,** pero no andan muy rápido. Los **ciempiés,** sus primos, tienen **entre 20 y 300.**

¿Pero es de verdad? Cuando los científicos vieron por primera vez a un **ornitorrinco australiano** creyeron que algún gracioso había disfrazado a un animal. Tiene **pico de pato, pies de nutria** y **cola de castor.** Junto con el puntiagudo **equidna australiano,** es el **único mamífero del mundo que pone huevos.** También es uno de los pocos mamíferos **venenosos;** los **machos** tienen un **espolón tóxico** en las **patas traseras.**

ANIMALANDIA

Algunos de los datos más sorprendentes del reino animal.

Los avestruces africanos tienen las patas más letales. Largas y **fuertes,** les permiten **correr** a **72 km/h** y en una sola zancada abarcan entre **3 y 5 m.** Pueden matar a patadas con las **largas y afiladas uñas** de sus patas.

¿Puedes lavarte los ojos y las orejas con la lengua? ¡Las **jirafas** sí! Son los **animales con el cuello más largo,** que mide más o menos **1,8 m,** y con **la cola más larga.** ¿Sabes por qué las llamaban **"camellos-leopardos"?** Porque tienen la cabeza parecida a la de los camellos, aguantan mucho sin beber agua y tienen manchas como los leopardos.

¿QUÉ ESTÁS MIRANDO?

¿ADÓNDE VAS CON ESA CARA?

OREJAS: los **elefantes** tienen las **orejas más grandes del mundo.** Se abanican con ellas para refrescarse. **CUERNOS:** el **búfalo de agua salvaje** del sureste asiático tiene los más largos (hasta **2 m** entre las puntas). **OJOS:** el **calamar gigante** tiene los **ojos más grandes del mundo;** más grandes que un plato (unos **28 cm**), y los necesita para ver en el oscuro fondo del mar, ya que pueden vivir a **2000 m** de **profundidad.** ¿A que no sabías que el **calamar** y el **pulpo** tienen **tres corazones** y **sangre azul-verdosa? DIENTES:** los **tiburones** tienen la **dentadura** más **mortal,** con varias filas de dientes que nunca dejan de crecer; cuando una se gasta, les sale una nueva. Pierden **30 000 dientes** a lo largo de su vida. **BIGOTES:** el premio al **bigote más bonito** es para el **tamarino bigotudo,** un **mono** del **Amazonas.**

EN EL FONDO DEL MAR

¡Es hora de aventuras submarinas!

El viaje oceánico más profundo

En **1960**, un **vehículo submarino** llamado **batiscafo** ("barco profundo") descendió hasta las profundidades. El batiscafo se llamó **'Trieste'** y con él el oceanógrafo suizo **Jacques Piccard** y el teniente de la armada estadounidense **Don Walsh** llegaron a la base de la **Fosa de las Marianas**, en el **océano Pacífico**, a **10 911 m** de la superficie. Esta fosa es el **lugar más profundo del océano**.

¿HASTA DÓNDE BUCEAN?

Humano en apnea
100 m

Ave
565 m

Reptil
640 m

Mamífero
2500 m

¡Toma aire!

Los elefantes marinos aguantan la respiración más de 100 minutos cuando se sumergen en busca de alimento. El récord de profundidad entre estos animales lo tiene un **elefante marino del sur** que fue visto a **2388 m** bajo el mar.

Fosa de las Marianas
10 911 m

Buda del Templo de Primavera 128 m
Gran pirámide de Guiza 146 m
Burj Khalifa 828 m

Everest 8848 m

La **fosa marina más profunda del mundo, la fosa de las Marianas,** es tan profunda que si introdujeras en ella el **Everest** y encima de él el **edificio Burj Khalifa** de los **Emiratos Árabes MÁS** la **Gran Pirámide de Guiza** de Egipto MÁS el **Buda del Templo de Primavera** de **China,** ¡aún quedarían **1000 m** de agua por **encima!**

Aquí no hay sol

En **1977,** científicos a bordo de un **sumergible de inmersión profunda** hallaron agujeros en el fondo del mar. Por ellos salía **agua hirviendo** del interior de la Tierra. Descubrieron un tipo de **bacterias** que son la única forma de vida terrestre conocida que **no** depende del **sol,** sino de la **energía química del agua** en ebullición. Otros animales se las comen.

¿QUÉ SIGNIFICA 'SCUBA'?
Son las siglas de Self Contained Underwater Breathing Apparatus, un equipo de buceo.

6,000,000,000,000,000

Es la **cantidad de hojas de papel** que saldrían de **toda la madera de los árboles** del Amazonas.

Reductores de cabezas

Los **shuar (jíbaros)** de **Ecuador** y **Perú** solían **reducir** las **cabezas** de sus **víctimas.** Extraían la **calavera,** cosían los **ojos** y la **boca,** luego hervían la **cabeza** y la dejaban **secar.** Creían que al **reducir** las cabezas de sus **enemigos** se **apoderaban** de sus **almas.**

Ni TV ni teléfono móvil

La **selva amazónica** es **tan, tan grande** que **miles** de **personas** que viven en ella **nunca** han tenido **contacto** alguno con el **mundo exterior.**

Respira hondo

La **selva amazónica** es "el **pulmón del planeta".** Sus miles de millones de árboles producen el **20%** del **oxígeno** del mundo, esencial para respirar.

Ven, que te estrujo un poco...

Cuidado con las **anacondas,** las **serpientes más grandes del mundo.** Miden **7,6 m** de **largo,** se enrollan a tu cuerpo y te tragan entero, empezando por la cabeza. Pero no son nada comparadas con el **fósil de serpiente gigante** que unos científicos hallaron en una **mina de carbón** en **Colombia** en el **2008:** larga como un **autobús** y pesada como un **coche** pequeño. ¡Por suerte vivió hace **60 millones** de años!

SUDAMÉRICA

La **Amazonia** tiene más de **6,5 millones de km²** y es casi tan grande como **Australia.** Cubre **medio Brasil** y **partes** de **Venezuela, Colombia, el este de Ecuador** y **Perú.** No hay otro lugar en la Tierra tan lleno de vida. Aquí **viven más de** un **tercio** de todas las **especies del mundo,** incluidos más de **500 mamíferos, 175 lagartos** y **más de 300 de reptiles...** Ah, y también **millones** de variedades de **insectos.**

¡ESTO ES LA JUNGLA!

¿FRITA O REBOZADA?

La Amazonia es la jungla más grande y SORPRENDENTE del mundo.

¿Tienes hambre?

La **tarántula pajarera** es la **araña más grande del mundo.** Ello no impide que los niños con hambre se merienden a estos monstruos de **28 cm.** Las cazan en sus madrigueras, l**as tuestan al fuego y se comen las patas.** Incluso usan los **colmillos** de la araña como mondadientes.

"El que mata de un salto"

Eso es lo que significa **jaguar.** Es el mayor felino de **Sudamérica.** Mata a sus presas **saltando** desde su **escondite.** Buen **trepador** de árboles y esforzado **nadador.**

Una selva muy espesa

Esta selva tan enorme es tan **espesa** que **muy poquita luz** llega al suelo, por lo que en él hay pocas plantas. **Casi toda la acción** sucede en **las copas de los árboles,** que, en conjunto, forman la **fronda.** Algunos animales **viven toda su vida en lo alto** de los árboles y **jamás bajan al suelo.**

Los escarabajos **Titanus giganteus** son enormes. Sus cuerpos pueden alcanzar los **17 cm** de largo. Con una **tripa tan grande** seguro que piensas que deben de **comer un montón,** pero no. Resulta que el macho **nunca come,** solo **vuela** en busca de una hembra **hasta que muere.**

UNA VIDA DE EXTREMOS

Más de siete mil millones de personas viven en lugares sorprendentes…

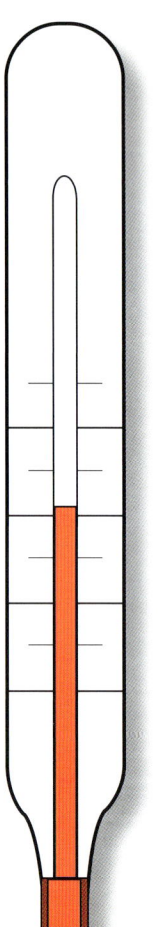

70,7°C

La mayor temperatura terrestre jamás registrada
Desierto de Lut, Irán. ¡Para freír un huevo en el suelo!

57,8°C

La mayor temperatura del aire jamás registrada
Al-Aziziya, Libia. ¡Demasiado calor para ir al cole!

50°C

El lugar más caluroso para vivir
Imagina vivir en un lugar donde a menudo se alcanza
esta temperatura y rara vez llueve. Los **tuareg** se han
adaptado a vivir así en el **desierto del Sahara.** Viven
en tiendas, llevan ropa holgada y cruzan el desierto en
camello.

−47°C

La ciudad más fría del mundo
Si vives en **Yakutsk, Siberia,** quizá tengas que
ponerte dos pares de leotardos y varios jerséis de lana
para ir al parque… porque en esta ciudad rusa hace
muchísimo frío. Un buen sitio para jugar con un perro
Husky.

 **La capital más SEPTENTRIONAL**
Reikiavik, Islandia: a 2874 km
del Polo Norte

 **La capital más MERIDIONAL**
Wellington, Nueva Zelanda:
a 5420 km del Polo Sur

**La temperatura
más fría se
registró ¡AQUÍ!**
Base Vostok, una
estación de
investigación rusa en
la **Antártida.** La
temperatura cayó
hasta los **-89,2°C** el
21 de julio de 1983.
¡Brrrr!

A cero

Ecuador, en Sudamérica, es el único país del **mundo** en el que la temperatura llega a **cero** a cero grados de **latitud.** Aunque está justo en el **ecuador,** sus picos más altos tienen **glaciares.**

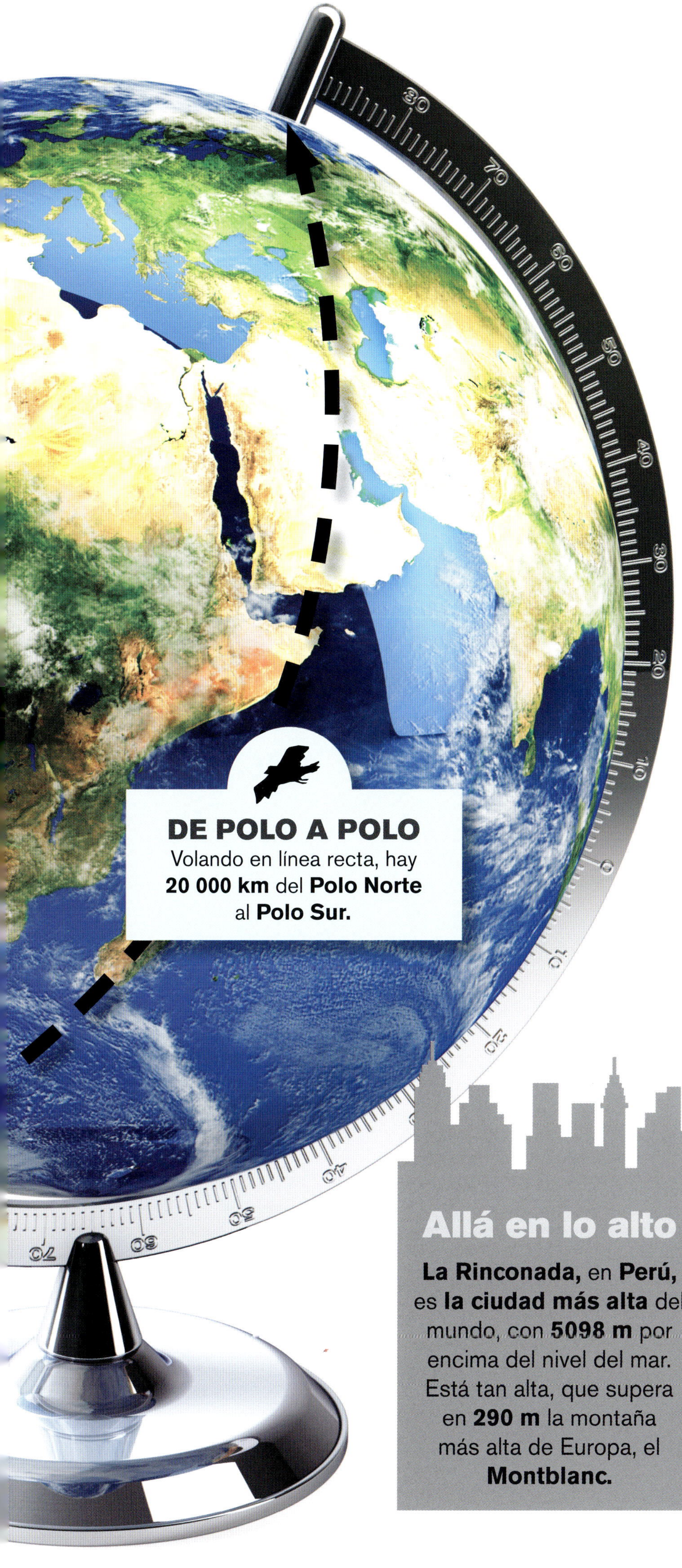

La escuela más ALTA
La escuela de primaria Pumaqangtang, en el Tíbet, es **la más alta del mundo.** Está a 5,5 km por encima del nivel del mar y no es el mejor sitio si tienes **mal de altura.** Hay tormentas de **nieve** y la temperaturas bajan a **-40°C.** Pumaqangtang significa 'praderas entre montañas'.

La escuela más al SUR
La escuela que está más al sur del planeta está en la Antártida, en la **Base Esperanza.** Es una escuela **argentina.** ¡Che, bárbaro!

DE POLO A POLO
Volando en línea recta, hay **20 000 km** del **Polo Norte** al **Polo Sur.**

Allá en lo alto

La Rinconada, en **Perú,** es **la ciudad más alta** del mundo, con **5098 m** por encima del nivel del mar. Está tan alta, que supera en **290 m** la montaña más alta de Europa, el **Montblanc.**

¡Un hotel!

El hotel más alto del mundo es el Everest Hotel View, en Nepal: está a **3962 m** de altura.

SI ME BESAS, ME CONVIERTO EN PRÍNCIPE

La iguana del volcán

Las **iguanas rosadas** son muy **escasas**. Solo viven en el **volcán Wolf**, en las **islas Galápagos**.

¿Una rana lila?

La **rana púrpura de la India** fue descubierta en el **2003**. Según los científicos, es un **fósil viviente**. Se le conoce también como **rana nariz de cerdo**. Vive casi siempre bajo tierra.

¡Oh, cerezos en flor!

Cada año, los **japoneses** esperan ansiosos la estación en la que **florecen los cerezos**. Les encanta ir de *picnic* bajo estos árboles en el centenario **festival Hanami** ('ver flores'). De **marzo a mayo** los cerezos van floreciendo en distintas partes de Japón y los telediarios siguen el **florecimiento** *(sakura senzen)* por todo el país.

Peludo, con escamas... ¡y rosa!

El rarísimo **pichiciego de Argentina** es una de las criaturas más curiosas que existen. Parece un hámster, pero tiene un **caparazón de escamas rosadas** en el lomo y **patas rosas escamosas** con enormes garras. También se conoce como **armadillo rosado** y es el miembro más pequeño de la familia de los armadillos; **te cabría en una mano**. Si se asusta, gracias a sus garras, puede enterrarse en la arena en pocos segundos.

¡Toma baya!

La baya morada más grande que existe en el mundo es la **berenjena**. Es originaria de la India, donde la llaman *brinjal*. Hace mucho, mucho tiempo, la gente creía que quien **comía** berenjenas se volvía **loco**.

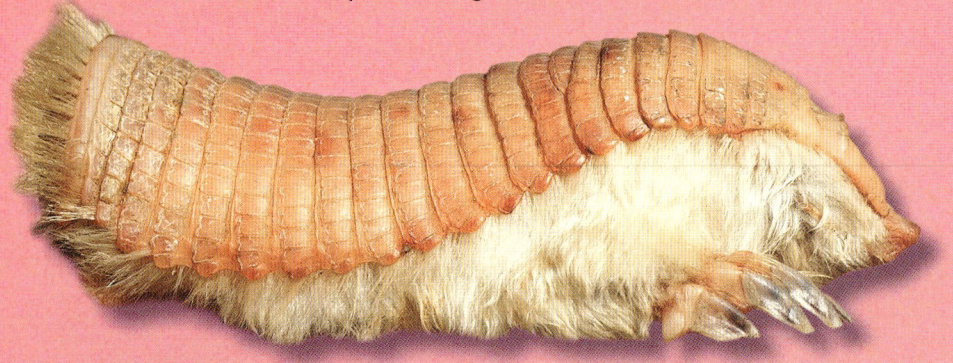

La boca con más pinchos

Los **erizos de mar morados** son unas de las criaturas marinas con más pinchos que hay. **Viven** hasta **30 años.** Las **nutrias** se los comen; también los **japoneses** y los **sicilianos.**

Las aguas más rosas

El **lago más rosa del mundo** es el **Lago Rosa** o La**c Retba**, en **Senegal, África.** Debe su color a ciertas **bacterias** que crecen en sus aguas, muy saladas. Los senegaleses **extraen sal** de este lago.

LO MÁS ROSA Y LO MÁS LILA

La naturaleza nos sorprende en rosa y en lila

¿ME SACAS UNA FOTO? ¡PA-TA-TAAA!

¡El hipopótamo ataca con caca!

A los **hipopótamos,** grandes, pesados y medio rosas medio lilas, les encanta **revolcarse** en las **pozas** africanas para **refrescarse.** ¿Sabías que su **sudor** es de color **rosa**? Parecen simpáticos y dulces, pero estos vegetarianos **matan** a más gente en África que cualquier otro animal. Si ves que **bostezan** y te muestran su enorme **garganta rosada** y sus **larguísimos dientes,** sal corriendo: ¡es que están muy **enfadados!** Con sus **fuertes mandíbulas** pueden **partir** un **cocodrilo** por la mitad. Y si esto no te asusta, **agárrate:** ¡son capaces de **lanzarte** su **caca!**

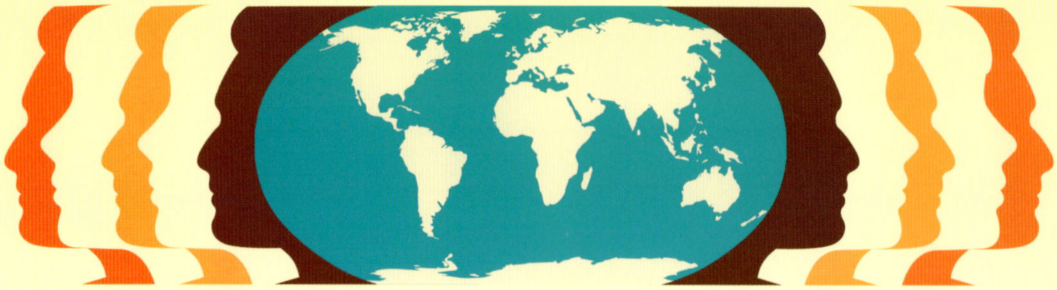

7000 millones

Es la cantidad de habitantes que hay en la Tierra.

214 000

Es el aumento diario de la población humana de la Tierra.

¡VIVA LA GENTE!

Sorprendentes datos sobre nosotros, los humanos

¡Hola, guapos!

Los **wodaabé** de la **República del Níger, África,** hacen las cosas un poco **diferentes.** Los **concursos de belleza** son para **chicos,** que se maquillan y se ponen sus mejores galas durante el **Festival Cure Salée** (festival de la sal) para encontrar una **buena esposa.**

¡SOMBRA AQUÍ, SOMBRA ALLÁ, MAQUÍLLAME, MAQUÍLLAME!

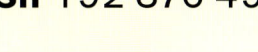

Los 5 países más poblados

1 China 1 347 350 000
2 India 1 210 193 422
3 Estados Unidos 313 430 000
4 Indonesia 237 641 326
5 Brasil 192 376 496

Los 5 países menos poblados

1 El Vaticano 800
2 Nauru 10 000
3 Tuvalu 10 000
4 Palau 21 000
5 San Marino 32 300

Una laaarga vida

Si has **nacido en** la pequeña **Andorra,** tu **esperanza de vida** es de **82,4 años,** la mayor del mundo. El **siguiente país** con mayor esperanza de vida es **Japón,** con un promedio de **82,2 años.**

¡Ay, qué sueño!

Como promedio, si **vives** hasta los **60 años,** ¡habrás pasado **más de 20 durmiendo!**

Los más altos

Los **holandeses** son los **más altos del mundo.** Los **hombres** miden, de media, **1,85 m** y las **mujeres, 1,70 m.**

Los más bajitos

Los **mbuti,** del **Congo,** son los **más bajitos del planeta.** Su promedio de altura es **1,37 m.**

5-6 m
Jirafa
Estatura media

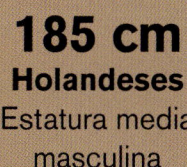

185 cm
Holandeses
Estatura media masculina

137 cm
Mbuti
Estatura media masculina

Murciélagos a gogó

Cada **noche de verano** más de **20 millones** de **murciélagos** salen de la **cueva Bracken** en **Texas** a buscar **comida**. Es la **mayor colonia de murciélagos del mundo** y tardan **tres horas** en **salir todos** de la cueva. La bandada incluso aparece en el radar del aeropuerto local. Estos pequeños murciélagos cola de ratón engullen **250 toneladas de insectos** en una noche.

Tesoro pirata

En el s. XVII los piratas de las **Bahamas** escondieron tesoros robados a los barcos que asaltaban. ¿Dónde? En **cuevas,** en las miles de islas que forman las Bahamas. **¡Quién sabe, quizá todavía quede algún tesoro escondido!**

EMPIRE STATE

¡ALLÁ VOOOY!

¡Para caer en picado!

La cueva **Vrtoglavica,** en **Eslovenia,** tiene la sima vertical más profunda: 630 m. En ella cabrían el **Empire State** de Nueva York o las **Torres Petronas** de Malasia. Pero el **Sótano de las Golondrinas,** en **México,** es **la cavidad más grande del mundo** porque es muy ancha, además de tener **333 m** de profundidad; tan grande como para contener el **edificio Chrysler** de Nueva York (319 m). En ella se practica el **salto BASE.**

EDIFICIO CHRYSLER

Cuevas de cristal

Caminar por la **cueva de los Cristales Gigantes**, en **México**, hace que uno se sienta muy **pequeño.** Algunos cristales miden hasta **11 m** de **largo,** seis veces más que un hombre alto.

¡Qué peste!

En **Rumania,** hay una **cueva,** descubierta en 1986, llena de **arañas, escorpiones, sanguijuelas** y **milpiés ciegos** que viven en la oscuridad. Es el único **ecosistema** conocido **que no usa la luz del sol.** Los animales se alimentan de bacterias que se nutren de un **gas** que **huele** a **huevos podridos.**

CUEVAS INCREÍBLES

Son mucho más que agujeros en la tierra... ¡Hay gente que se lanza de cabeza en ellas!

Arte rupestre

La **cueva Chauvet,** en **Francia,** contiene **las pinturas rupestres más antiguas del mundo;** algunas tienen **32 000 años.** Incluso hay dibujos de animales ya **extinguidos,** como los **megaceros** (ciervos muy grandes) y los **mamuts.**

¡AL AGUA, PATOS!

Todo un mundo de aventuras acuáticas

Los grandes agujeros azules

Hay gente a la que le encanta explorar los famosos **agujeros azules** de nuestros **mares y océanos.** Son **grandes agujeros redondos,** también llamados **sumideros,** en el suelo oceánico.

En el fondo del precioso **Gran agujero azul,** de **125 m,** cerca de **Belice** (en la foto) hay **pasillos naturales submarinos** con **estalactitas** y **fósiles,** pero para llegar hasta ellos hay que nadar a través de una capa de **gas venenoso.**

El **agujero azul de Dahab,** de **130 m,** cerca de la **costa de Egipto,** es famoso por sus **bellos peces** y **corales.** También es trágicamente famoso porque en él **han perdido la vida** al menos **40 buceadores.**

El **más profundo del mundo** es el **agujero azul de Dean,** de **202 m,** en las **Bahamas.** Son muchos los buceadores que intentan batir el **récord mundial de apnea** en él: **101 m** con un solo aliento de aire.

¡Tiburones!

Shark Alley, en **Sudáfrica,** es la **capital mundial del gran tiburón blanco.** Los amantes de las emociones fuertes se sumergen en el mar en una **jaula de acero** para verse rodeados de estos **grandes escualos.**

Nadar con cocodrilos

El **lago Argyle** es el lago artificial más grande de **Australia** y está **lleno de cocodrilos:** ¡al menos hay unos **25 000!** Aunque **no suelen comer personas,** pueden darte **un buen mordisco;** así que si vas a competir en **el mayor maratón de natación en agua dulce del mundo,** el **Lake Argyle Classic,** de **20 km,** mejor que nades **un poco más rápido…**

Bucear entre dos continentes

Para bucear en la famosa **grieta de Silfra,** en **Islandia,** hay que llevar un **traje de neopreno** que abrigue mucho. Está en el **Parque Nacional de Thingvellir** y separa **dos grandes placas tectónicas** que hay bajo **Europa** y **Norteamérica** y son como 'huesos' gigantes de la Tierra. Algunas partes de esta profunda grieta están **llenas de agua cristalina muy pura** –casi congelada–. La grieta se está ensanchando, ya que las **dos placas tectónicas** se separan unos **2 cm cada año.**

¡AY, QUÉ HAMBRE TENGO!

COMO EL TIGRE ESTE SE PASE UN PELO, ATACO.

La mejor defensa, el ataque apestoso

Las **mofetas norteamericanas** son famosas por su **pestilencia.** Si se sienten amenazadas, **apuntan** con el **culete** al 'enemigo', levantan la cola y le rocían con un **apestoso líquido aceitoso** que alcanza hasta **3 m. ¡El olor puede durar días!**

¡Camarero, otra de bambú!

Los tímidos y adorables **pandas gigantes de China** son unos de los **mamíferos más raros del mundo.** Les encanta **comer** y pueden pasarse **16 horas** mascando **bambú.** Cuando no comen, casi **siempre duermen.**

¡HUY, MOFETA, ME HE QUEDADO BLANCO DEL SUSTO!

Tres tristes tigres... ¡blancos!

Los **tigres blancos** rara vez se ven en **libertad.** Por lo general, solo viven en **zoos.** Su color se debe a un **defecto genético** derivado de la endogamia.

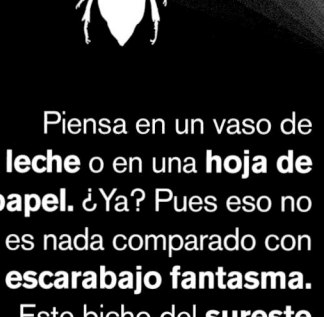

Piensa en un vaso de **leche** o en una **hoja de papel.** ¿Ya? Pues eso no es nada comparado con el **escarabajo fantasma.** Este bicho del **sureste asiático** es el **'objeto' natural más blanco de la Tierra.** Los científicos lo estudian para aprovechar su blancura.

El **objeto más negro del mundo** es una **lámina** de diminutos **tubos de carbono** hecha en un **laboratorio** de **EE UU.** Absorbe casi toda la luz y es **30 veces más negra** que lo que los científicos llaman "color negro".

¡Paren la rotativa!

¿Qué es **blanco y negro** y **se lee** en todo el mundo? **¡Un periódico!** El **más vendido del mundo** es el **Yomiuri Shimbun,** de **Japón,** con más de **14 millones de ejemplares** cada día. En el mundo se venden unos **520 millones** de periódicos **a diario.** Para imprimir una edición dominical del **The New York Times** se necesitan **75 000 árboles.**

EN BLANCO Y NEGRO

A veces las cosas sí son en blanco y negro...

De rayas

Las **rayas de las cebras** son **únicas** en cada cebra, como nuestras **huellas dactilares.** Estos **equinos africanos** nunca han sido domados y **duermen** de pie.

Hace 160 millones de años
¿Se mareó?

Científicos ingleses descubrieron el **vómito** de un **ictiosaurio** en Peterborough. **Los ictiosaurios** eran **reptiles marinos** que vivieron en la época de los dinosaurios, hace **160 millones de años**. En el vómito había **restos de marisco**.

¡Sabe a pollo!

Si quieres saber a qué sabía el terrible dinosaurio **Tyrannosaurus Rex,** solo tienes que **comer pollo**. ¡Los pollos son descendientes modernos del **T-Rex!**

SOY UN POLLO UN POCO RARO

ATRAPADOS EN EL TIEMPO

Recuerdos de épocas muy muy lejanas

Todos somos viajeros del tiempo

Mirar al **cielo** por la **noche** es como mirar una máquina del tiempo. La **luz** que vemos de miles de millones de **estrellas** a menudo lleva **millones de años** viajando por el espacio antes de llegar a la Tierra. Incluso **algunas estrellas** quizá ya **ni existan**.

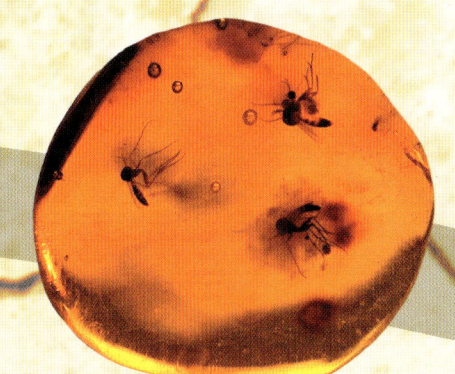

Hace 80 millones de años
La pluma más antigua

Una **fina hebra de 'pelo'** atrapada en un trozo de **ámbar** de **80 millones de años** descubierto en **Alberta, Canadá,** resultó ser **la pluma más antigua del mundo.** El ámbar también ha atrapado **insectos, flores** y **hojas.**

Hace 10 000 años
Una tarea mastodóntica

En el **suelo helado** de **Siberia** se han encontrado cuerpos de **mamuts lanudos** que vivieron hace más de **10 000 años.** Los científicos esperan que en un futuro se pueda **extraer** el **ADN** de estas criaturas y volver a criarlas, como en un **Parque Jurásico** real.

Hace 4500 años
Envueltos para regalo

En el **antiguo Egipto** los **ricos** y **poderosos** eran **momificados** tras su muerte, para que así viajaran al Más Allá. Se les extirpaban los órganos por un corte en un lado del cuerpo y se les **sacaba el cerebro** por la nariz con la ayuda de un **gancho.** Luego se dejaban **secar** los cuerpos y se **envolvían** con una **tela especial.** Los más importantes, como los **faraones** y las **reinas,** eran enterrados en **pirámides** como la Gran Pirámide de Guiza, en Egipto.

Hace 2500 años
No aparenta la edad que tiene

Los **cadáveres** hallados on **pantanos** del **norte de Europa** pueden tener **2500 años** y a menudo están muy **bien conservados.** Parece que la mayoría de ellos fueros **asesinados** antes de ser arrojados a los pantanos.

Cavar para nadar

La playa **Hot Water,** en la **península Coromandel,** en **Nueva Zelanda,** es la playa ideal para **nadar en pleno invierno.** En lugar de zambullirse en el mar, los bañistas **excavan agujeros en la arena** que **se llenan de agua mineral tibia,** y pueden remojarse tan ricamente a pesar de que haga frío.

Un laaargo paseo...

Tardarías **una semana** en **recorrer la playa más larga del mundo.** Está cerca del **Bazar de Cox,** en **Bangladesh,** y tiene **120 km** de longitud. Es muy popular entre los lugareños, que se tumban sobre la arena dorada **todo el año.**

Playas de colorines

Las **playas** de la **isla Harbour,** en las **Bahamas,** tienen la **arena** de color **rosa** por el coral. La **playa Vik,** en **Islandia,** está cubierta por **arena negra volcánica,** piedras planas y guijarros también negros; además, curiosas formaciones rocosas negras sobresalen del agua como sombreros de brujas. La playa de **Papakolea,** en **Hawái,** tiene la **arena verde** por los cristales de olivino de una explosión volcánica. La **playa Roja** de la isla griega de **Santorini** tiene la **arena** –sí, lo adivinaste– **roja.** Los minerales de la **playa Pfeiffer,** en California, han hecho que parte de su **arena** sea **lila.**

¡Aterriza como puedas!

Ten cuidado si te tumbas a tomar el sol en **Maho Beach,** en la **isla de San Martín,** en el **Caribe.** El aeropuerto está justo **al lado de la playa** y enormes aviones pasan a **pocos metros** de la arena al aterrizar… ¡Incluso a veces los bañistas salen volando!

UN DÍA DE PLAYA

Relájate y date un bañito...

¿Dinosaurios que toman el sol?

Date un buen paseo por la **costa Jurásica,** en el **suroeste de Inglaterra,** y seguro que te topas con un **dinosaurio.** El mar ha ido erosionando la tierra, dejando capas y capas de fósiles a la vista. El primer **pterodáctilo** –un enorme reptil volador– se halló **aquí.**

Una playa con techo

Si te preocupan las **quemaduras solares,** prueba a ir a la **playa cubierta más grande del mundo.** La **Ocean Dome,** en Miyazaki, al **sur de Japón,** tiene **300 m** de **largo** y **100 m** de **ancho.** El techo está pintado como un cielo azul, tiene un volcán en llamas y las olas más perfectas que jamás han acariciado la arena, una **arena falsa** que no se te pega en los pies.

¡Burbujas!

La playa con más **burbujas del mundo** podría ser la **playa Champagne,** en **Dominica.** Tiene el **suelo marino volcánico,** y de él salen burbujitas, haciendo que el agua **parezca** gaseosa. Es un buen lugar para **bucear.**

700,500,000,000,000,000,000

Son los **granos de arena** que hay en las **playas del mundo,** según los matemáticos de la **Universidad de Hawái.** ¡Y eso sin contar la arena de los desiertos!

175 000 000 litros

Por **segundo** y por **día.** Esta es la cantidad de **agua** que el **Amazonas** vierte al **océano Atlántico.** ¡Con ella se podrían llenar **70 piscinas olímpicas** (o **1,1 millones de bañeras**) cada segundo!

Al revés

Hace mucho tiempo el **río Amazonas** fluía en dirección opuesta y desembocaba en el **océano Pacífico.** Pero entonces, **hace 65 millones** de años, surgió la cordillera de los **Andes,** que **forzó** al río a **fluir** en la **otra dirección.**

Pequeñas pero matonas

Las **pirañas** son **peces feroces** que viven en el río Amazonas. No son muy grandes, pero tienen los **dientes muy afilados** y **comen carne.** Si un **animal se cae al río, cientos** de pirañas se lanzan, arrancándole la **carne** de los huesos en minutos.

EL GRAN AMAZONAS

Una quinta parte del agua dulce que se vierte en **los océanos del mundo** viene del Amazonas.

¡El río Amazonas, en Sudamérica, es el río más GRANDE del mundo!

Alto voltaje

El **animal** de más **alto voltaje** del mundo es la **anguila eléctrica,** que no es una anguila, sino un **pez cuchillo.** Produce descargas de hasta **500 V,** suficientes para matar a una persona. Con ellas atonta a sus presas.

¡A remar!

El pueblo flotante de **Belén,** en **Perú,** es "la **Venecia del Amazonas**". Flota porque el río se desborda cada año y las casas de madera se atan a grandes pilones para que no se las lleve la corriente. En la foto, un niño va a la **escuela flotante** en barco. El pueblo tiene una discoteca, una gasolinera y una tienda flotantes.

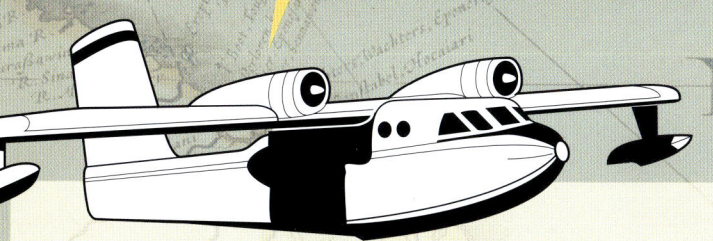

¿Vuelas o navegas?

Casi **400 000 personas** viven en la ciudad amazónica de **Iquitos,** junto al río Amazonas, en **Perú.** Es la **urbe más poblada del mundo** a la que **no se puede llegar en coche;** solo es accesible en **barco** o en **avión.**

Rosas y listos

Los **delfines del río Amazonas** son **rosas** y **muy listos.** Tienen el cerebro un **40% más grande que el nuestro.** Con su **hocico alargado** cazan peces entre las **raíces** de los árboles del **borde del río.** Si se asustan, se vuelven aún más rosas, como tú **cuando te sonrojas.**

¡A surfear!

En febrero y marzo, cuando hay **luna llena,** las **olas pororoca** llegan al Amazonas desde el **Atlántico,** creando una **pared de agua de 4 m.** Los surfistas más atrevidos cabalgan estas grandes olas marrones sin miedo a serpientes, pirañas y cocodrilos.

6566 kilómetros

El Amazonas empieza como un **riachuelo** en lo alto de los **Andes,** en **Perú,** y fluye a través de la **selva amazónica de Brasil,** con **miles de afluentes** que desembocan en él hasta llegar al **océano.**

¡PRÓXIMA PARADA, EUROPA!

¡Cómo mola el mola mola!

El **pez luna (mola mola)** es el pez óseo **más pesado del mundo** y el que hace más bulto. Los más grandes miden más de **4 m de largo** y pueden pesar hasta **2235 kg,** casi como una furgoneta pequeña. Le gusta **flotar en el océano,** como si tomara el sol, pero le llaman pez luna por su forma redondeada. Le encanta **comer medusas** y las hembras pueden cargar con **300 huevos.** No son muy viajeros, pero un pez luna nadó desde la costa de Nueva Inglaterra, en EE UU, hasta el Caribe y el golfo de México.

Por la vía rápida

La **corriente del Golfo** es una **gran y veloz** corriente oceánica que recorre el **océano Atlántico** como un río de 70 m de ancho. Es una de las razones por las cuales siempre ha sido **más rápido navegar de América a Europa que a la inversa.** A muchos animales marinos, como las tortugas, les sirve de vía rápida para viajar por los mares.

VIAJEROS DEL OCÉANO

Las criaturas más sorprendentes surcan nuestros mares

Nadar y nadar

Las **ballenas** son grandes **viajeras de los mares.**

Cada año, las **ballenas grises** nadan más de **8000 km** por la costa oeste de EE UU **entre aguas frías donde se alimentan** y **aguas cálidas donde crían.**

Grandes torpedos blancos

¿Cuál es **el mayor depredador del océano?** El **gran tiburón blanco,** sí, señor. Este pez puede medir hasta **6 m** de largo y pesar hasta **2250 kg.** Aunque son muy grandes, **nadan muy rápido** bajo el agua, a **24 km/h,** gracias a la fuerza de su cola. Algunos hacen **largos viajes en solitario.** Uno de ellos nadó desde Sudáfrica hasta la costa oeste australiana; recorriendo unos 11 000 km en 99 días. Se les achacan muchos ataques, pero **los humanos no somos su plato favorito.**

¡DENTISTAS A MÍ!

Un gigante bonachón

¡El majestuoso **tiburón ballena** es el **pez no óseo más grande del mundo!** Su aspecto es más de ballena que de tiburón y puede alcanzar el **tamaño de un autobús.** El más grande jamás visto medía **12 m** de **largo** y pesaba **21,5 toneladas.** Nadan **despacio** en **aguas cálidas;** uno de ellos hizo un viaje de 13 000 km durante 3 años. Los tiburones ballena tienen **miles de dientes** pero tan **pequeños** (solo **3 mm** de ancho) que lo único que pueden comer son crustáceos diminutos y plancton. Llegan a **vivir 100 años.**

12 metros

¡A POR MI SIGUIENTE GRAN AVENTURA OCEÁNICA!

El **récord** lo tiene una **ballena jorobada** que nadó más de **9800 km.**

Brasil

Madagascar

(9800km)

Viajó de **Brasil** a **Madagascar; la migración más larga de un mamífero** jamás registrada.

Gigantes y colosos

Antiguas historias hablan de **pulpos gigantes atacando barcos,** como las **leyendas nórdicas** sobre el **kraken,** un **gran monstruo marino** que se llevaba los **barcos bajo el agua.** En la vida real existen **dos enormes parientes del calamar** que viven felices en las profundidades: el **calamar gigante** y el **calamar colosal,** tan largos como un **autobús.** ¡Un **calamar colosal pesó 495 kg!** El calamar colosal tiene los **ojos más grandes del mundo: más grandes que un plato.** Con su **boca, fuerte y en forma de pico,** puede cortar un **cable de acero.** Ambos calamares nadan hasta **2000 m** de profundidad con sus **ocho brazos** y sus dos **larguísimos tentáculos.** ¡El calamar **colosal** incluso se pelea con **cachalotes!**

¡Vaya boca!

Tiene más **boca** que cuerpo, pero el **pez pelícano** puede **engullir** animales **más grandes que él** gracias a sus **inmensas mandíbulas** y a su **estómago ultraflexible.** Suele ser negro o verde y atrae a las presas con su **larga y fina cola,** de **color rojo** o **rosa.**

Otras rarísimas criaturas abisales

Pez bruja, pez moco, **víbora de mar,** tiburón duende, **cerdo de mar,** pez cola de ratón, **pez espectro,** pez borrón, **pez bostezador,** pez pescador, **pez hacha...**

El primo marino de Drácula

Es negro, tiene sangre azul y un nombre en latín que asusta: **Vampyroteuthis infernalis,** el **'calamar vampiro del infierno'.** Tiene una misteriosa **'capa'** con la que **'vuela'** lentamente por el agua y no pierde detalle gracias a sus **enormes ojos rojos o azules.** Por suerte no es más largo que una regla. Sus **ocho brazos** están **conectados por una membrana** y llenos de filas de pinchos. Si se asusta, se cubre toda la cabeza con esta membrana. Es el animal con los **ojos más grandes en proporción a su cabeza;** algo que en caso de los humanos implicaría tener los ojos **tan grandes como pelotas de playa.**

¡MI MAMÁ ME DICE QUE COMA CON LA BOCA ABIERTA!

'Fang you very much'

Con relación a su tamaño, **el pequeño Anoplogaster cornuta** es el pez con los **dientes más grandes,** tanto que **no puede ni cerrar la boca.** Tiene pequeñas escamas espinosas y cavidades.

MONSTRUOS DE LAS PROFUNDIDADES

En lo más profundo de nuestros océanos viven las más extrañas criaturas...

¿Por qué hay tantas criaturas abisales rojas?

Si hay poca luz, el rojo parece negro. Ser rojas las hace 'invisibles'.

Personas que han pisado la Luna

Personas que han estado en lo más profundo de los océanos

Bienvenido al planeta agua

Un **70% del planeta** está **bajo el mar.** La **mitad de los océanos** tiene más de **3 km de profundidad** y algunas partes son **tres veces más hondas.** Las **más profundas** todavía están **sin explorar.** Hay **más gente que ha viajado al espacio que hasta el fondo del océano.** Sabemos más cosas de la Luna que de las profundidades. Lo que sí sabemos es que hay todo un **mundo por descubrir:** sin luz y muy frío, la **gran presión** que ejerce **tanta agua** es **asfixiante.** La **zona abisal** es el **hábitat más grande del mundo** y en él viven las **criaturas marinas más extrañas,** con aspecto de **alienígenas.** Algunos son **transparentes** y casi todos tienen **grandes ojos salientes, enormes dientes afilados** y luces para atraer a sus presas.

Arañas con paracaídas

Las arañas no solo **tejen telarañas** para **cazar moscas,** también las usan para **volar.** Estos arácnidos aventureros las tejen como **pequeños paracaídas y vuelan aprovechando el viento.** Algunas arañas han llegado volando hasta barcos que navegaban a 1600 km de tierra. Otras han sido detectadas por **globos sonda a 5000 m de altura.**

¡Vaya ventolera!

La **máxima velocidad del viento** jamás registrada fue de **408 km/h** el **10 de abril de 1996** durante el **ciclón tropical Olivia.** Es más rápida que la de un **tren bala circulando por una vía recta.** El registro es de la estación meteorológica de **Barrow Island,** en la costa oeste australiana.

EL PODER DEL VIENTO

¡El aire que respiramos tiene una fuerza descomunal!

¡HUY, PERDÓN!

Cuarenta millones de toneladas de arena del desierto del Sahara **sobrevuelan cada año el océano Atlántico.** Sin ellas, la **selva amazónica** sería **menos fértil.**

El rey de los 'vientos'

Paul Oldfield, de **Inglaterra,** tiene el trabajo más curioso del mundo: le pagan por **tirarse pedos.** Es conocido como **Don Metano** y él dice que es el único **peedor profesional** (o 'flatulista') del mundo. Durante sus actuaciones interpreta **música clásica** y **rock con pedos,** además de **apagar velas e hinchar globos.**

Los ciclones

Un **ciclón tropical** se forma cuando el **aire cálido** que hay **sobre el océano** es **absorbido** por **el aire más frío de encima,** a modo de chimenea. El **aire de alrededor** ocupa su lugar, se vuelve **cálido y húmedo,** y se absorbe. Según los científicos, la **energía** de un ciclón tropical **equivale** a la **explosión de una bomba nuclear de 10 megatones cada 20 minutos** o a **11 000 bombas de Hiroshima.**

¡VOLANDO VOY, VOLANDO VENGO!

FRANCIA

La avenida de los desastres

Hay una **extensa franja de tierra** entre las **Montañas Rocosas** y los **Apalaches,** en EE UU, conocida como la **Avenida de los Tornados.** Por ella pasan **cientos de tornados** que se mueven a velocidades de hasta **400 km/h** y las **tormentas más violentas del mundo,** que **siembran la destrucción** cada año.

Mares sin agua

En los desiertos del **norte de África** el viento forma grandes **mares de arena** llamados **ergs** que están llenos de altísimas dunas. El **erg más grande** del mundo es el **Rub' al Khali,** entre Arabia Saudí, Yemen, Omán y los Emiratos Árabes. Ocupa una **zona mayor** que **Francia,** más de **600 000 km².**

Girar y girar

Cada **diciembre** más de **un millón de personas** van al **festival** de los **derviches** en Konya, **Turquía,** para ver a los devotos bailarines que visten largas **faldas blancas** y un **sombrero cilíndrico girar y girar** cada vez más **rápido** para entrar en **trance** divino.

Dragón bailarín, león saltarín

El **año nuevo chino** es una de las **celebraciones** más **grandes, coloridas** y **ruidosas** que se realiza en los barrios chinos de **todo el mundo.** Hay animadas **danzas** callejeras, con **desfiles de leones y dragones** al son de los **tambores** y los **gongs,** que asustan a los malos espíritus y traen buena suerte. En la **danza del dragón** un grupo de bailarines lleva un **dragon alargado;** cuanto más largo, **mejor fortuna.**

Pero... ¿qué hacen?

¿Qué hacen estos **adultos vestidos de blanco** con **campanillas** alrededor de las **piernas** y **sombreros de flores, brincando** por ahí y **agitando enormes pañuelos blancos** o **bastones?** Pues bailan una **antigua danza inglesa,** la danza Morris.

> CREO QUE NO VOY A LIGAR MUCHO BAILANDO ASÍ...

¿Bailas haka?

La **haka maorí** es una danza que da miedo. El **equipo de rugbi neozelandés All Blacks** baila una haka antes de cada partido: ponen **mirada furiosa,** patean el suelo y **sacan la lengua** para asustar a sus oponentes. Pero algunas de estas danzas son para dar la **bienvenida,** no para asustar.

¡Y AHORA VOY Y LO PINTO TODO ROJO Y AMARILLO!

Grandes danzas tribales

A las **tribus** de **Papúa-Nueva Guinea** les gusta reunirse para competir en un **'sing-sing'**. Se **pintan cara y cuerpo**, se ponen sus **trajes** más **llamativos, cantan y bailan.** Hay dos sing-sing que reúnen a **100 tribus** de todo el país: el **Mt. Hagen Show** en **agosto** y el **Goroka Show** en **septiembre.** Las danzas tribales son **impresionantes.**

¡A BAILAR!

Muévete, salta y contonéate al ritmo del mundo

LAS CAÍDAS NO ME PREOCUPAN, ¡ME PREOCUPA NO SABER FRENAR!

¡Que vienen los toros!

La **fiesta más rápida del mundo** podrían ser los **Sanfermines de Pamplona**, además de una de las **más peligrosas**. Los mozos, vestidos de **blanco**, corren delante de **veloces toros** por **calles estrechas**. Desde 1910 han **muerto 15 personas** durante los encierros y **200** han sufrido **heridas**.

¡Están locos!

El deporte más veloz sin motor de todo el mundo es el esquí de velocidad. Los valientes –o locos– esquiadores encogen el cuerpo y bajan a toda velocidad por la montaña hasta alcanzar los 251 km/h. En 1997 el americano Jeff Hamilton se cayó a 243 km/h y, por suerte, solo se rompió tres huesos menores, pero se 'quemó' con la nieve.

A TODA VELOCIDAD

Los más rápidos del planeta

¡LA ÚLTIMA VEZ QUE FUI TAN RÁPIDO PERDÍ LAS MANCHAS!

¿Cómo es de rápido un guepardo?

Guepardo: 100 m en **6,13 segundos**

Atleta: 100 m en **9,6 segundos**

Guepardo: De 0 a 100 en **3 segundos**

Ferrari: De 0 a 100 en **3 segundos**

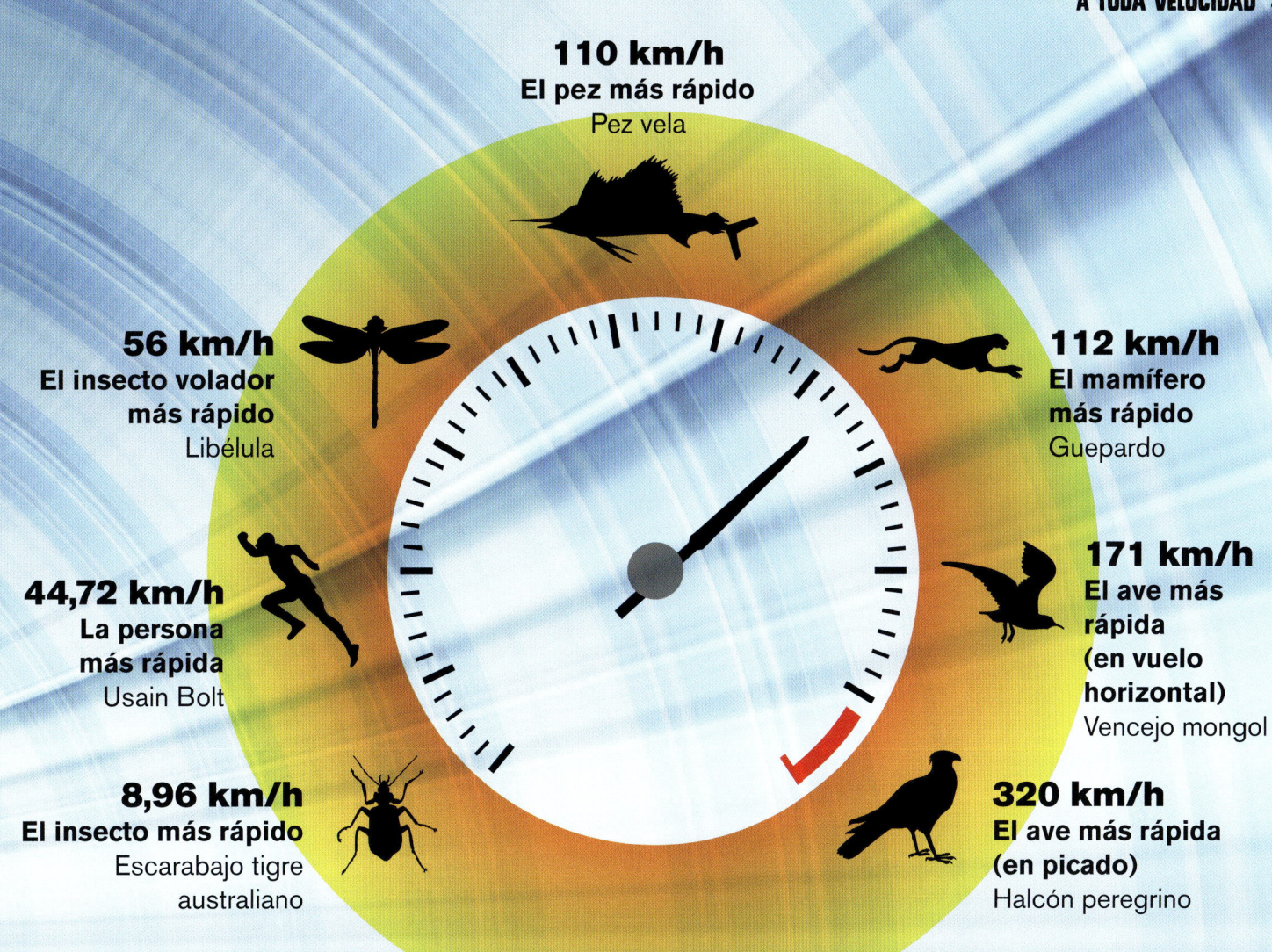

110 km/h
El pez más rápido
Pez vela

56 km/h
El insecto volador
más rápido
Libélula

112 km/h
El mamífero
más rápido
Guepardo

44,72 km/h
La persona
más rápida
Usain Bolt

171 km/h
El ave más
rápida
(en vuelo
horizontal)
Vencejo mongol

8,96 km/h
El insecto más rápido
Escarabajo tigre
australiano

320 km/h
El ave más rápida
(en picado)
Halcón peregrino

Los seres vivos
más veloces

SEIS PATAS Y A TODO TRAPO: El **escarabajo tigre australiano** es el insecto que más rápido corre, con velocidades de **8,96 km/h.** Puede que no te parezca muy rápido, pero son 170 cuerpos por segundo, como si tú corrieras a 550 km/h. **PELUDO Y VELOZ:** Si fueras el corredor más rápido del mundo, intentaras huir de un **guepardo** en la sabana de Namibia y el árbol más cercano para **trepar** estuviera a 100 m, el guepardo te alcanzaría; incluso si la distancia fuera el doble. Para aproximarte a su aceleración deberías ir en un **coche deportivo.** Por suerte, es más probable que el guepardo se asustara antes. **PECES RAPIDÍSIMOS:** Los **peces vela** son los reyes acuáticos de la velocidad. Estos peces de 3 m pueden nadar a **110 km/h** y usan su gran **aleta-vela dorsal** para parecer más grandes y asustar a los peces más pequeños, que se juntan en bancos y así son más fáciles de comer. Otro truco de los peces vela es cambiar de color para confundir a sus presas. **¿UN HALCÓN O UN RAYO?** Menos mal que no eres un pajarillo porque, si no, estarías al alcance de un **halcón peregrino.** Estos veloces **depredadores** cazan a sus presas volando, lanzándose **en picado** sobre ellas a **320 km/h.** Son las aves y los animales **más rápidos** del mundo.

Espectáculo de lava

El **Kilauea,** en **Hawái,** es el **volcán más activo del mundo** y cuando el sol se pone, el Kilauea toma el relevo. Ríos de **lava roja** brillan en la oscuridad y, a veces, la lava sale **a chorro** por agujeros humeantes de la tierra o incluso **llega al mar.** También hay lava que, poco a poco, se va **tragando carreteras y casas.**

Lo más brillante

Los **físicos** de **Texas** han creado el **rayo más brillante del universo.** Con un **láser súper potente** han emitido un breve pulso de luz con una intensidad de **1 millón de millardos de vatios,** mayor que la potencia de todas las centrales eléctricas del mundo juntas. El láser está en la **Universidad de Texas y nunca** hay que **mirarlo mientras funciona.**

A la diosa le gustan las lámparas

El **Diwali** es un **festival hindú** celebrado en todo el mundo. Se conoce como **'el festival de la luz'** porque la gente enciende pequeñas lámparas y petardos para celebrar el **triunfo del bien** sobre el mal. En la India, las lámparas ayudan a **Lakshmi,** la **diosa de la fortuna,** a encontrar las casas de la gente.

¿Quién necesita linterna?

Antes de que existieran las **linternas** había gente que usaba **setas luminosas** para ver en la oscuridad. Nadie sabe bien por qué estas setas brillan de **color verde neón** en la oscuridad. Los científicos creen que es para atraer a los **insectos** que facilitan su reproducción. Crecen en todo el mundo, pero son más abundantes en **Japón** y **Brasil,** así que la próxima vez que pasees por un bosque de noche, **apaga la linterna,** a ver si las ves brillar.

¡HÁGASE LA LUZ!

Un espectáculo de luz y color

Eso son muchas velas

El **rayo de luz** que brilla en el **Casino Luxor** de **Las Vegas** brilla tanto como **42,3 miles de millones de velas**. Se ve a **400 km** de distancia, incluso puede verse desde el espacio exterior. Con su luz, una **persona** que **flotara** a **16 km** de distancia podría **leer** un **libro** sin **problemas**.

> ¡QUIETO O TE MANCHO!

Artista de la escapada

El **camarón boreal** tiene una estrategia sorprendente para **escapar de sus enemigos: suelta un líquido brillante de color azul** que **confunde al atacante** y así él **gana tiempo para huir**. Los **pulpos** usan un truco parecido: **escupen tinta negra** en la cara de sus **incautos** depredadores.

Piedras de luz

Un **95%** de los **ópalos** del mundo son de las **cálidas zonas** del **outback australiano**, como Lightning Ridge y Coober Pedy. Los ópalos destacan por sus **colores brillantes**. El **ópalo** sin tallar **más valioso** es el **Olympic Australis Opal**, valorado en unos **2,5 millones AU$** y con un peso de **3,45 kg**. El **ópalo** pulido **más grande** es el **Galaxy Opal**, de **Brasil,** parte de uno del tamaño de un **pomelo**.

Las luces más bellas

El cielo nocturno del **Polo Norte** y el **Polo Sur** (en la imagen) a veces brilla con **cortinas de luz verde, azul, lila y roja**. A estas luces del cielo se las llama **auroras boreales** y **auroras australes,** y son **uno de los más bellos espectáculos de la naturaleza**. Estas luces brillan cuando la **atmósfera terrestre** interactúa con **partículas del Sol**.

Lanzar hormigas furiosas

Los cinco días de fiestas del **Entroido de Laza,** en **Galicia,** la gente se **disfraza** y se **divierte.** Una de las **diversiones** es **recoger tierra con hormigas,** rociar las hormigas con **vinagre** para **irritarlas** y **lanzar tierra y hormigas a la gente,** además de **trapos manchados** de barro, **ceniza, harina, agua… No lo hagas en casa, por favor.**

Singapur es, quizá, la **ciudad más limpia del mundo.** Todo aquel que sea sorprendido **escupiendo, ensuciando** o **vendiendo chicles** debe **pagar** una **multa** altísima.

Primavera de colores

Los **hindúes** de la **India, Nepal, Pakistán** y **Bangladesh** celebran la **primavera** con el **Festival Holi,** conocido también como el **Festival de los Colores.** Los **niños** son los que mejor se lo pasan, **lanzando pigmentos** de colores y **agua** a la gente, mientras gritan **"¡Holi hai!".** Todo el mundo acaba pintado.

LO MÁS PRINGOSO

¡Tranquila, mamá, nos estamos divirtiendo!

Contra el resfriado y la gripe

Más de **360 toneladas** de **naranjas** se usan como proyectiles en la **Batalla de las naranjas** en el pueblo italiano de **Ivrea** en el mes de **febrero.** Primero hay un **desfile con caballos, carros** y gente vestida con **trajes tradicionales.** Después, **nueve equipos** se lanzan naranjas unos a otros. Si llevas un **sombrero rojo** estás a salvo, pero **no puedes lanzar naranjas** a nadie. Las calles quedan **tan llenas de naranjas chafadas** que tienen que venir **tractores** a **limpiarlas.**

¡Chof!

El municipio valenciano de **Buñol** es famoso por la **Tomatina,** una fiesta en la que los participantes se arrojan tomates unos a otros. Cada mes de **agosto** llegan camiones con **150 000 tomates muy maduros,** suena un disparo y empieza la fiesta: durante **una hora** unas **20 000 personas** se lanzan tomates y arman un buen lío; ¡mejor que se pongan gafas de buceo! Finalmente, con el sonido de otro disparo, la fiesta termina y **camiones cisterna** limpian las calles. En **Colombia** también hay una fiesta parecida, la Tomatina colombiana, que se celebra en el mes de **junio** en **Sutamarchán.**

¡PUAJ! ¿PERO ESTO QUÉ ES? ¿LA CARRERA MÁS ASQUEROSA DEL MUNDO?

Un campeonato muy sucio

Ponte el **equipo de buceo,** salta a una **ciénaga oscura y apestosa,** nada **55 m** entre **algas y sanguijuelas,** gira y da otra vuelta lo más rápido posible. En esto consiste el **Campeonato Mundial de Buceo en Ciénaga,** celebrado en la ciénaga de **Waen Rhydd,** en Gales, **Reino Unido.** El récord mundial es de **84 segundos.** También existe el **Campeonato Mundial de Buceo en Ciénaga con Bicicleta de Montaña** y el **Triatlón de Buceo en Ciénaga.**

¡Almohadazos!

¿Te gustan las guerras de almohadas? ¡No te pierdas el **Día Internacional de las Guerras de Almohadas!** Se celebra en **más de cien ciudades** del **mundo** en **marzo** o **abril.** Dura **minutos** u **horas,** y empieza con un toque de silbato o sirena.

¡Guerra de agua!

Y después de tantas **manchas,** necesitarás **lavarte bien.** Para ello, lo mejor es apuntarse a la mayor guerra de agua del mundo: en **Tailandia** dan la bienvenida al **Año Nuevo tailandés,** o **Songkran,** lanzándose agua a **manguerazos,** con cubos, pistolas de agua… ¡y a veces hasta con **elefantes!**

¿Te echo una mano?

¿Acaso hay un **gigante enterrado en la arena?** No, solo es una **mano de gigante.** Se trata de **'La Mano del desierto',** una gran **escultura** que se alza en el **desierto de Atacama** y es obra del artista chileno **Mario Irarrázabal.** El mismo autor también 'enterró' otra mano en **playa Brava, Uruguay,** y la tituló **'Monumento al ahogado'.**

Un gran misterio

Hace **1500 años** la gente de **Perú** trazó largas líneas en un **desierto rocoso** y creó las misteriosas **líneas de Nazca,** que dibujan cientos de enormes **animales y plantas,** como colibríes, monos, peces y lagartos; algunos de ellos miden más de **270 m de ancho.** Las líneas de Nazca son los **geoglifos más grandes del mundo.** Hay quien cree que son **mensajes** para los **extraterrestres,** ya que las formas solo se ven bien desde el cielo.

Bromas a lo grande

Australia es un país muy grande y su gente tiene un gran **sentido del humor:** les gusta construir **'bromas'** enormes como un **plátano gigante,** una **piña gigante,** una **guitarra eléctrica gigante,** una **gamba gigante,** un **cocodrilo boxeador gigante** y una **oveja merina gigante** hecha de hormigón; casi todas ellas tienen relación con alguna ciudad. Hay más de **150 esculturas** en todo el país. Algunas han aparecido en **sellos** y la mayoría de ellas han salido en **películas** y series de **TV.**

A VER SI ME SACO EL PERMISO DE CONDUCIR...

Todos los hombres del emperador, ¡y más!

Descubierto en **1974,** el **ejército de terracota** de China es uno de los **mayores hallazgos arqueológicos.** Son **más de 8000 esculturas** de arcilla que fueron **enterradas** con el **emperador Qin Shihuang hace 2200 años.** Hicieron falta **700 000 personas y 40 años** para construir su **tumba** y todos los **soldados de tamaño real,** cada uno con la **cara distinta,** como en la **vida real.** También hay **130 carros** y **670 caballos.**

EXTRAGRANDE

Objetos enormes de todo el planeta

Meterse en un dinosaurio

En el **desierto de California** encontrarás los **dinosaurios más grandes del mundo.** Los dinosaurios **Cabazon** son dos monstruos de **hormigón** construidos en los años sesenta como **atracción turística.** Uno es un T-Rex y el otro es un gran Apatosaurus. Puedes meterte dentro y mirar a través de sus bocas.

NIÑOS, NO ME HAGÁIS COSQUILLAS POR DENTRO PORQUE ESTORNUDARÉ...

¡Vaya noria!

La **Singapore Flyer** es ideal para ver la bonita ciudad de **Singapur** a vista de pájaro; es la **noria mirador más grande del mundo.** En su punto más alto estarás a **165 m** del suelo, tan **alto** como en un **edificio de 50 pisos.**

Un barco sin mar

Cuesta creer que hace tiempo **este barco pescaba peces** en el **mar de Aral,** que se halla entre **Kazajistán y Uzbekistán.** Este **mar ha ido menguando,** dejando barcos como este **varados en tierra;** algunos de ellos a más de **100 km** de la orilla.

La carrera más dura

La **carrera a pie** más **dura** del mundo se celebra en julio en el **Valle de la Muerte, California.** Es el **ultramaratón de Badwater,** que tiene **217 km** y cruza uno de los desiertos más calurosos del mundo, con temperaturas de hasta **50°C a la sombra.** Unas **80 personas** participan cada año y un **tercio no la termina.** Si acabas la carrera en menos de 48 horas, ganas una hebilla.

¡QUIERO ESA HEBILLA!

DESIERTOS

Sorprendentemente diferentes

Un desierto de hielo

Aunque la **temperatura es gélida** y está **siempre cubierta de hielo,** la **Antártida** es también **el mayor desierto del mundo.** El **desierto antártico** tiene **13,8 millones de km²,** un territorio mucho mayor que **Europa, EE UU o Australia.** Se le considera desierto porque acumula **menos de 250 mm** de lluvia anuales.

¡ESTE NO ES MI DESIERTO!

Una probabilidad entre...

El **árbol más solitario del mundo** estaba a más de **400 km** de cualquier otro árbol (un trayecto de un mes andando), pero en **1973,** un conductor ebrio lo **derribó** chocando contra él en su **furgoneta.** Un **monumento de acero** se alza hoy en el **desierto del Sahara,** en **Níger,** donde antaño crecía el árbol del Teneré.

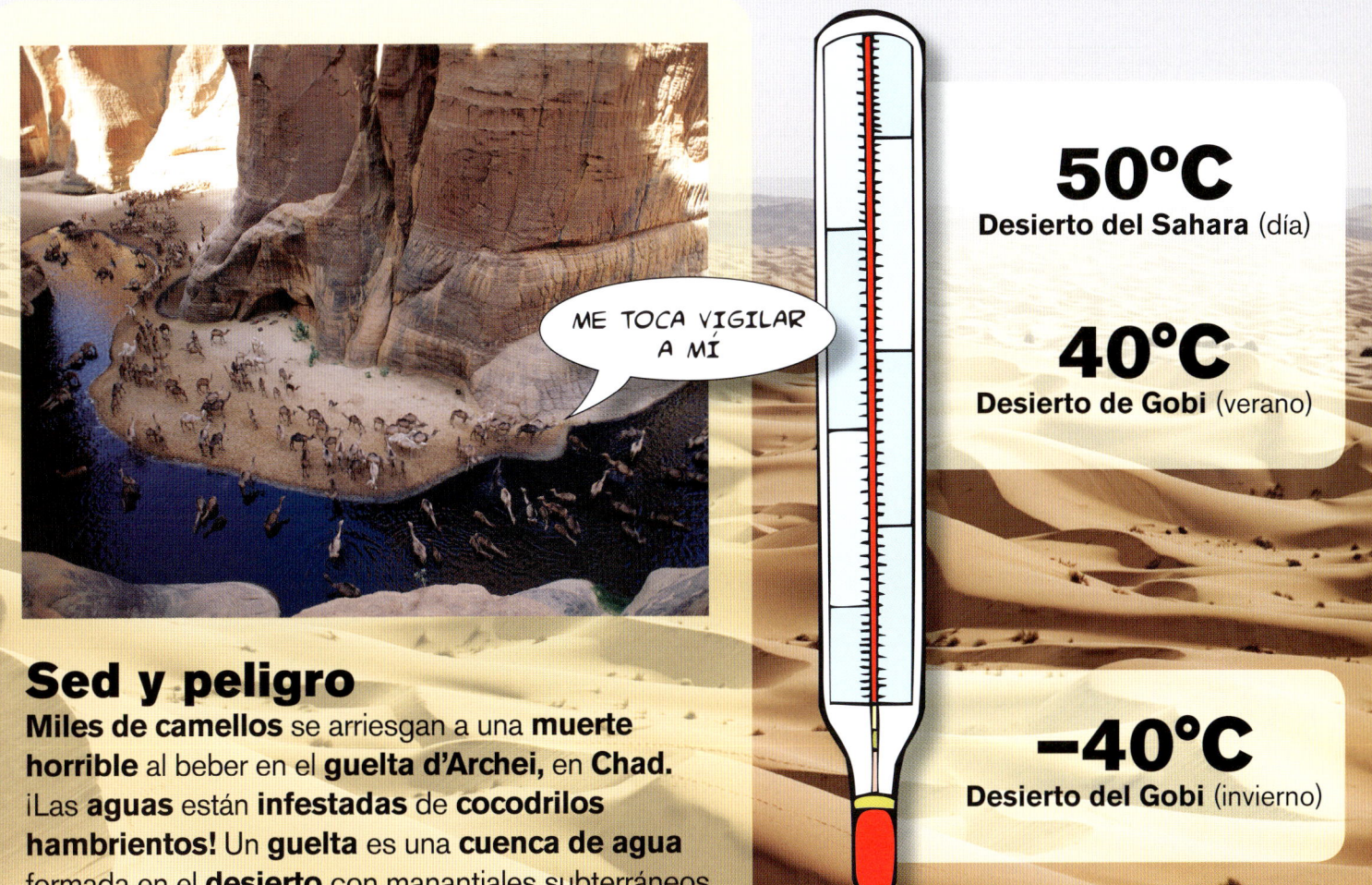

ME TOCA VIGILAR A MÍ

50°C
Desierto del Sahara (día)

40°C
Desierto de Gobi (verano)

−40°C
Desierto del Gobi (invierno)

Sed y peligro

Miles de camellos se arriesgan a una **muerte horrible** al beber en el **guelta d'Archei**, en **Chad**. ¡Las **aguas** están **infestadas** de **cocodrilos hambrientos!** Un **guelta** es una **cuenca de agua** formada en el **desierto** con manantiales subterráneos.

No todos los desiertos son yermos. El **desierto de Sonora**, en **Norteamérica,** tiene más de 2000 especies de plantas y más de **550 especies** de **mamíferos, aves, anfibios, reptiles, peces** e **insectos.**

324 m
Torre Eiffel

93 m
Estatua de la Libertad

465 m
Isaouane-n-Tifernine

Mucha arena

Cuando **sopla** el **viento** por los **grandes desiertos** del **norte de África,** se forman enormes **mares de arena** que parecen un océano dorado gigante. Estas grandes 'olas' de arena son las dunas. Algunas de las más grandes del mundo están en **Isaouane-n-Tifernine,** en **Argelia,** miden hasta **465 m** de **alto** y forman parte del **desierto del Sahara.**

Muchos animales en uno

El **pulpo mimo,** que vive en las aguas de la **costa indonesia,** es uno de los mejores **imitadores** del mundo. Puede cambiar de **forma,** de **color** y de **movimientos** para copiar hasta **15** distintos animales marinos muy peligrosos. Consigue parecer un **cangrejo gigante,** un **pez león,** una **raya** o una **serpiente de mar;** así asusta a sus depredadores.

Doble personalidad

Durante la **época de apareamiento,** las **sepias** desarrollan **doble personalidad.** De **día** la **piel** del **macho brilla** con bonitos **colores** para **impresionar** a las hembras y advertir a los rivales; de **noche,** aprovechan los colores de su piel para esconderse de sus depredadores **mimetizándose** con el entorno que las rodea. Así, si se esconden cerca de una **roca** de noche, tienen el **mismo color** y la **misma textura** de la roca. Si, en cambio, reposan sobre el **fondo del mar,** parecen **arena.**

Ojos vigilantes

Los **peces planos,** como el **lenguado,** tienen los **dos ojos** en **un lado del cuerpo.** Se posan en el **fondo del mar** y **vigilan** que nadie **les ataque.** Aunque parezca que yacen **sobre la barriga,** en realidad lo hacen **sobre un costado.**

¡NO ESTOY!

Piel transparente

La **piel** de un **camaleón** es **transparente.** Son las **células** que tiene **bajo la piel** lo que le **permite cambiar** de **color.** Aunque el camaleón a veces cambia de color para **confundirse con el paisaje,** suele usarlos para **comunicarse.** Si está **tranquilo,** estará **verde;** si se **enfada,** se pone **amarillo** o **naranja.** También puede hacer **cosas muy raras** con los **ojos,** como mirar con cada uno en una **dirección distinta,** ¡así no pierde detalle de nada!

¡EH! ¿DÓNDE HA IDO TODO EL MUNDO?

No les da palo...

El **insecto palo** es brillante cuando se trata de **camuflarse en el entorno**. Su **cuerpo** y sus **patas** parecen **ramas;** y como parece que formen parte de una planta, **sus depredadores no les ven.**

Todo es blanco

Los **osos polares no** pueden **cambiar** de **color**, pero no importa porque viven en **sitios** que casi siempre son de **color blanco.** Eso les permite camuflarse mejor para cazar a sus presas. También tienen un impresionante **sentido del olfato;** son capaces de olfatear animales ocultos **en el hielo.**

NO ES LO QUE PARECE

Tácticas de camuflaje y supervivencia

Mil rayas

Hay animales que usan un tipo de **camuflaje** llamado **dazzle. Las rayas de las cebras** son un buen ejemplo. Si una manada huye de un depredador, sus rayas hacen que sea **difícil saber a qué velocidad** y **hacia qué dirección corren,** y es más probable que **logren escapar.** Pero este tipo de camuflaje hace que sean **más fáciles de ver si están quietas.**

¡Lo pasan de miedo!

Cada **domingo de febrero,** desde 1520, los pueblos y las ciudades de la **República Dominicana** organizan desfiles para celebrar el **Carnaval.** Tardan meses en coser sus fantásticos vestidos. La ciudad de **La Vega** es famosa por sus temibles **máscaras de papel maché,** a menudo decoradas con **colmillos, ojos inyectados en sangre, cuernos, plumas, hojas** y **diamantes falsos.**

El arte del kimono

Las **chicas japonesas** deben aprender una serie de habilidades especiales antes de poder vestirse de **geisha,** una **'persona de las artes'.** Antaño las niñas empezaban a aprender **canciones, danzas y poemas tradicionales** con tres o cuatro años, así como a tocar instrumentos musicales japoneses. Hoy van a la escuela hasta la adolescencia antes de formarse como geishas. Hasta terminar su aprendizaje son **'maiko';** se pintan la cara de **blanco,** usan **elaborados peinados** y visten un precioso traje de seda llamado **kimono.**

¡A VESTIRSE!

Algunos de los trajes más elegantes del planeta

Los gilles de la suerte

Todos los chicos de la ciudad belga de **Binche** quieren ser un **gille**. Es una especie de **payaso** típico de **Pascua** que va **disfrazado** con un **traje muy colorido** y una **máscara de cera**, con **volantes** en el **cuello**, las **muñecas** y los **tobillos**; **zapatos de madera** y un **cinturón de campanillas**. El **último día** del **Carnaval de Binche** bailan al ritmo del **tambor** blandiendo **bastones** con los que espantan a los **malos espíritus**. Después, unos **1000 gilles** con grandes **sombreros** blancos con **plumas de avestruz** desfilan por las **calles** con **cestas de naranjas** y lanzándolas a la gente para dar **buena suerte**. No todo el mundo puede ser un gille; el **traje** es muy **caro**.

¡CUIDADITO, MALOS ESPÍRITUS, QUE LLEVO BASTÓN!

¿Bailas?

Durante **10 días al año**, en **febrero**, la ciudad de **Venecia**, en **Italia**, celebra una **gran fiesta de disfraces**: el **Carnaval de Venecia**. La gente se pone **disfraces y máscaras maravillosos** y van a **bailes de máscaras**, las calles se llenan de **acróbatas, músicos, magos, payasos** y **marionetistas**. Este carnaval tiene **800 años de historia**.

Tocando el cielo

¡**Imagínate sostener** una **máscara de madera de 6 m de alto con los dientes!** Hay que ser un **fortachón** de la **tribu dogon**, en **Mali**, **África**, para ponerse una de estas larguísimas **máscaras espirituales**. Solo se llevan durante los **funerales especiales**, para **conectar** el **cielo** y la **tierra**.

¡AY! CREO QUE TENGO TORTÍCOLIS...

Raro y fascinante

El **Trachelophorus giraffa**, que vive en la isla de **Madagascar**, no solo tiene un **aspecto muy curioso**, sino que además es **el insecto con la cabeza más larga**. El macho asiente **con la cabeza** para intentar atraer a una compañera, y **las hembras se envuelven la cabeza con una hoja** antes de **poner los huevos en ella**.

Avispa Mymaridae macho aumentada 100 veces

Yo no te veo, tú no me ves

El insecto más pequeño es la **avispa Mymaridae macho**. Vive en **Costa Rica** y crece solo hasta los **0,14 mm**; mucho más pequeñas que un grano de sal. No tienen alas, no ven y viven en los huevos de otros insectos. Las **hembras** son **el doble** de grandes que **los machos**.

UNA DE BICHOS

Datos sorprendentes del mundo de los insectos

Ven conmigo, cucaracha

Antes de que la **avispa esmeralda** ponga sus huevos, tiene que **dar con una cucaracha**. El **colorido insecto pica** a la cucaracha para adormecerla, le **corta las antenas por la mitad** y, dirigiéndola con las antenas como quien **monta un caballo**, la usa para **invadirle la madriguera**. Una vez allí, **la avispa pone los huevos en el estómago de la cucaracha** y **cierra la madriguera con piedras** hasta que nacen sus crías.

ANDA, DEJA QUE TE ECHE UNA PATA

¿El más fuerte?

El **escarabajo Hércules** es **tan fuerte** que puede levantar **850 veces su propio peso**... Como si un humano pudiera alzar un **carro blindado** o un **dinosaurio gigante**.

Pero... ¿tantos hay?

Aunque parezca imposible, los científicos afirman que **la mayoría de las especies de insectos** del planeta están **aún por descubrir.** Creen que hay más de **9 millones** de tipos distintos de insectos; eso es **el 75% de todas las especies animales.** ¡Se **descubre un nuevo tipo** de insecto **cada hora!**

¿QUÉ HAY DE NUEVO, VIEJO?

El gran weta

¡**El insecto más grande del mundo es tan grande que come zanahorias!** Pero también es **muy poco común.** Se llama **weta** y solo vive en la **isla Little Barrier,** en **Nueva Zelanda.** Puede pesar hasta **70 g,** que es lo que pesan **tres ratones** juntos, y su cuerpo alcanza los **100 mm de largo.**

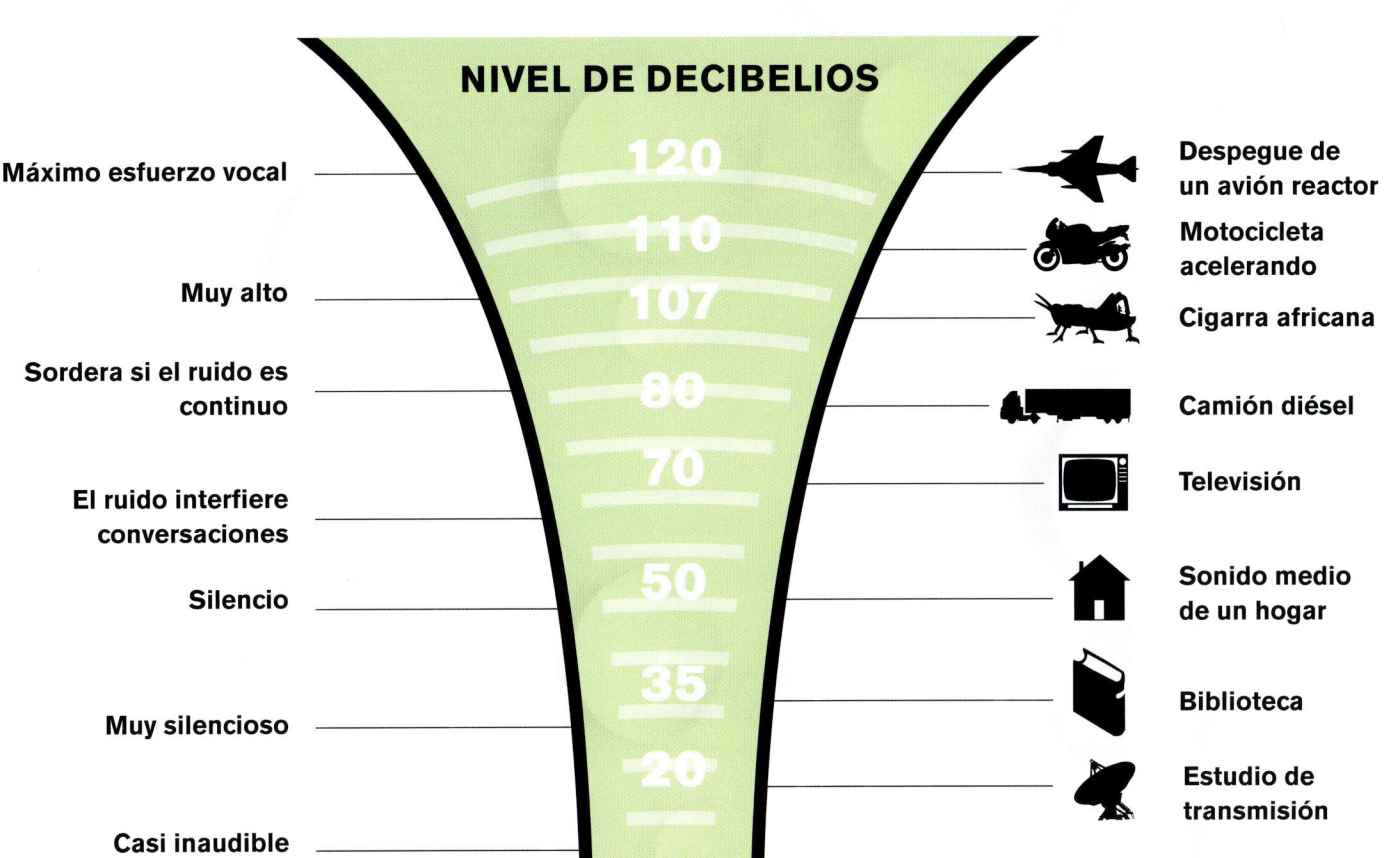

NIVEL DE DECIBELIOS

Máximo esfuerzo vocal	120	Despegue de un avión reactor
	110	Motocicleta acelerando
Muy alto	107	Cigarra africana
Sordera si el ruido es continuo	80	Camión diésel
	70	Televisión
El ruido interfiere conversaciones	50	Sonido medio de un hogar
Silencio		
Muy silencioso	35	Biblioteca
	20	Estudio de transmisión
Casi inaudible		

INSECTOS EN CONCIERTO

Los insectos suelen emitir sonidos **frotándose partes del cuerpo;** y estos sonidos pueden tener **mucho volumen.** ¡Imagínate **miles de cigarras** o de **grillos** poniéndose de acuerdo para **cantar a la vez,** sería **ensordecedor! Las cigarras son las más escandalosas,** y la que más ruido hace de todas es la **cigarra africana,** que alcanza los **107 decibelios;** tan **ruidosa como una motocicleta o un concierto de rock.**

Más caliente que el Sol

La **temperatura más alta** jamás registrada en la Tierra se tomó en los **Laboratorios Nacionales Sandia**, en **California**, donde en el **2006**, en una enorme **máquina de rayos X**, se creó la temperatura de **2000 millones de grados centígrados**; mayor que la temperatura del sol, que arde a **15 millones de grados**.

¡Un lago que hierve!

En el **lago Hirviente de Dominica** puedes **hervir huevos**. Está en el **Parque Nacional de Morne Trois Pitons** y forma parte de un **volcán**. El vapor supercaliente emerge de sus aguas grises y azules, y las hace burbujear en la parte central, la más profunda.

La ciudad más calurosa

Aunque no alcanza las temperaturas extremas de otras ciudades, la **capital de Tailandia, Bangkok,** es la **ciudad más caliente del planeta por calor anual**, y suele estar por **encima de los 40°C día y noche**. El **aire** de la ciudad está **tan contaminado** que **atrapa el calor**, haciéndola aún más sofocante.

JUGANDO CON FUEGO

Hay gente que se llena la **boca** de **gasolina** y la **escupe** entre **llamas**. También hay quien apaga **antorchas** tragándose las llamas. Son los **escupefuegos** y los **tragafuegos**; tanto unos como otros pueden terminar con la boca llena de **ampollas** y la **lengua quemada**. ¡Ay!

CREO QUE ME HE PASADO CON EL PICANTE DE LA COMIDA...

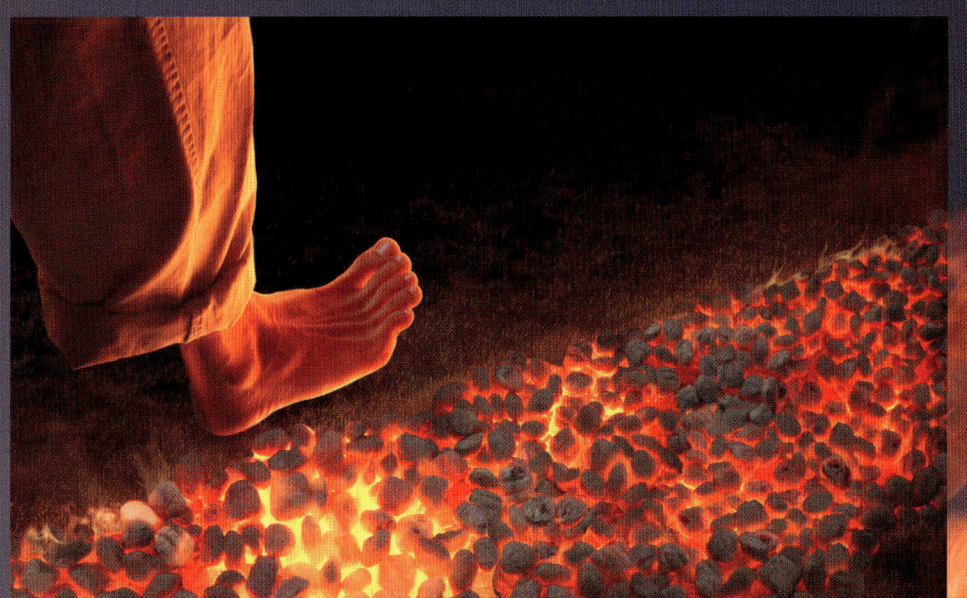

Pisando fuerte

En la **isla de Beqa**, en las **Fiyi**, los isleños **caminan descalzos sobre brasas ardiendo.** Dice la leyenda que **un dios les dio este poder sobre el fuego.** En otras partes de las **Fiyi**, los **fiyianos indios** también **andan sobre brasas** durante un **festival religioso hindú.**

¡Ay, qué calor!

El **Valle de la Muerte**, en **California**, es quizá el lugar más caluroso de la Tierra, con una **temperatura media en verano de 47°C.** La **temperatura más alta** jamás registrada son los **57,8°C** de **Al-Aziziyah**, en **Libia**, en 1922. Dasht-e Lut, en Libia, es una meseta desértica muy seca y muy calurosa, con zonas en las que no viven ni las bacterias.

Superpicante

El **pimiento más picante del mundo** es el **Trinidad Moruga Scorpion.** Tiene el **tamaño de una pelota de golf** y **pica 240 veces más que un jalapeño.** ¡Para cocinarlos hay que usar **guantes** y **mascarilla!**

¡ESTO ARDE!

Curiosidades a altas temperaturas

Una calurosa bienvenida

Los **afar** viven en uno de los sitios **más calurosos e inhóspitos** de la Tierra, el **desierto de Danakil**, en **África.** Forma parte del **Gran Rift, 120 m bajo el nivel del mar,** con **temperaturas que alcanzan los 50°C.** La tierra se **cuartea,** la **lava mana** desde abajo y hay **temblores de tierra** a menudo. Los afar son **pastores nómadas de cabras, camellos** y **reses.** También se les conoce como una de las **tribus más feroces** del planeta.

¡Y LO QUE ME AHORRO EN ABRIGOS!

> CHICOS, NOS HEMOS QUEDADO DE PIEDRA.

Presidentes rocosos

En el **Monte Rushmore, Dakota del Sur,** EE UU, hay **esculpidas cuatro cabezas gigantes.** Representan a cuatro **presidentes americanos: George Washington, Thomas Jefferson, Theodore Roosevelt** y **Abraham Lincoln.** Los obreros de los **años veinte y treinta** usaron **dinamita y martillos neumáticos** para **esculpir** la mayor parte de los rasgos, **colgados de cuerdas** para trabajar. **Cada cabeza** mide **18 m** de **alto.**

EN LA CIMA

Grandes datos de las más imponentes montañas del mundo

Fuerzas poderosas en acción

Las montañas se forman cuando **la superficie de la Tierra empuja, tira y se levanta.** Hay montañas por todas partes, **incluso bajo el agua.** Las **más grandes** aparecieron cuando grandes piezas de la Tierra, las **placas tectónicas, se empujaron entre ellas, doblándose hacia arriba.** Algunas de las **rocas de sus cimas** se formaron en el fondo del mar antes de subir a la superficie.

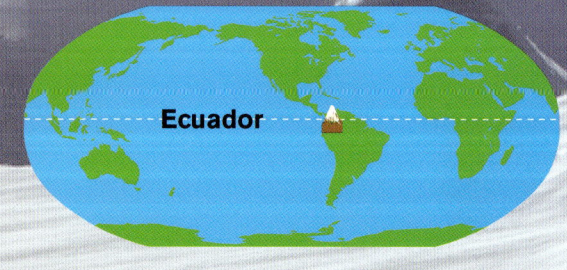

Ecuador

Pero ¿no era redonda?

¿Sabías que la Tierra no es una **esfera perfecta?** Como **el mundo gira,** los dos polos están **achatados** y el planeta **se abomba un poco en la zona del ecuador, como cuando te sientas sobre un balón de playa.** El **monte Chimborazo,** en **Ecuador,** mide **6268 m** y está muy cerca de la línea del **ecuador;** por ello su cima está **más cerca de la Luna** y **más lejos del centro de la Tierra** que cualquier otro lugar del planeta.

16 segundos de terror

Si **no te gustan** mucho **las alturas,** seguro que no querrás **acercarte al borde** del **monte Thor** en **Canadá** a contemplar las vistas. Este monte es famoso por tener **la mayor caída vertical natural del planeta,** de **1250 m.** Si saltaras, la caída duraría unos **16 segundos.**

¡VENGA, CONTAD CONMIGO HASTA 16...!

El gran secreto del Atlántico

La **Dorsal Atlántica** es la **cordillera continua más larga del mundo,** pero este dato no se supo hasta los años veinte. Se trata de una **cadena montañosa** situada en medio del **océano Atlántico,** de norte a sur, de unos **10 000 km de largo.** Se formó en una zona en la cual **dos placas tectónicas** separan la Tierra. Algunas de las montañas sobresalen del mar formando islas, como **Islandia** y **Bermudas.**

Más alto de lo que parece

Todos sabemos que el **Everest,** en el **Himalaya,** es la **montaña más alta del mundo,** ¿no? ¡Pues puede que no lo sea! Medido desde la base hasta el pico, el **monte Mauna Kea,** en **Hawái, supera** al Everest en **1400 m.** El Mauna Kea mide **10 200 m de altura,** aunque **6000** están **bajo el mar.** El Everest, con 8848 m, es más alto por encima del nivel del mar. Y el **Everest** sigue **creciendo** –unos **6 mm** por año– porque una placa tectónica bajo la cordillera del Himalaya está **montándose encima de otra.** El Everest también se mueve a lo ancho.

8848 m
Everest

10 200 m
Mauna Kea

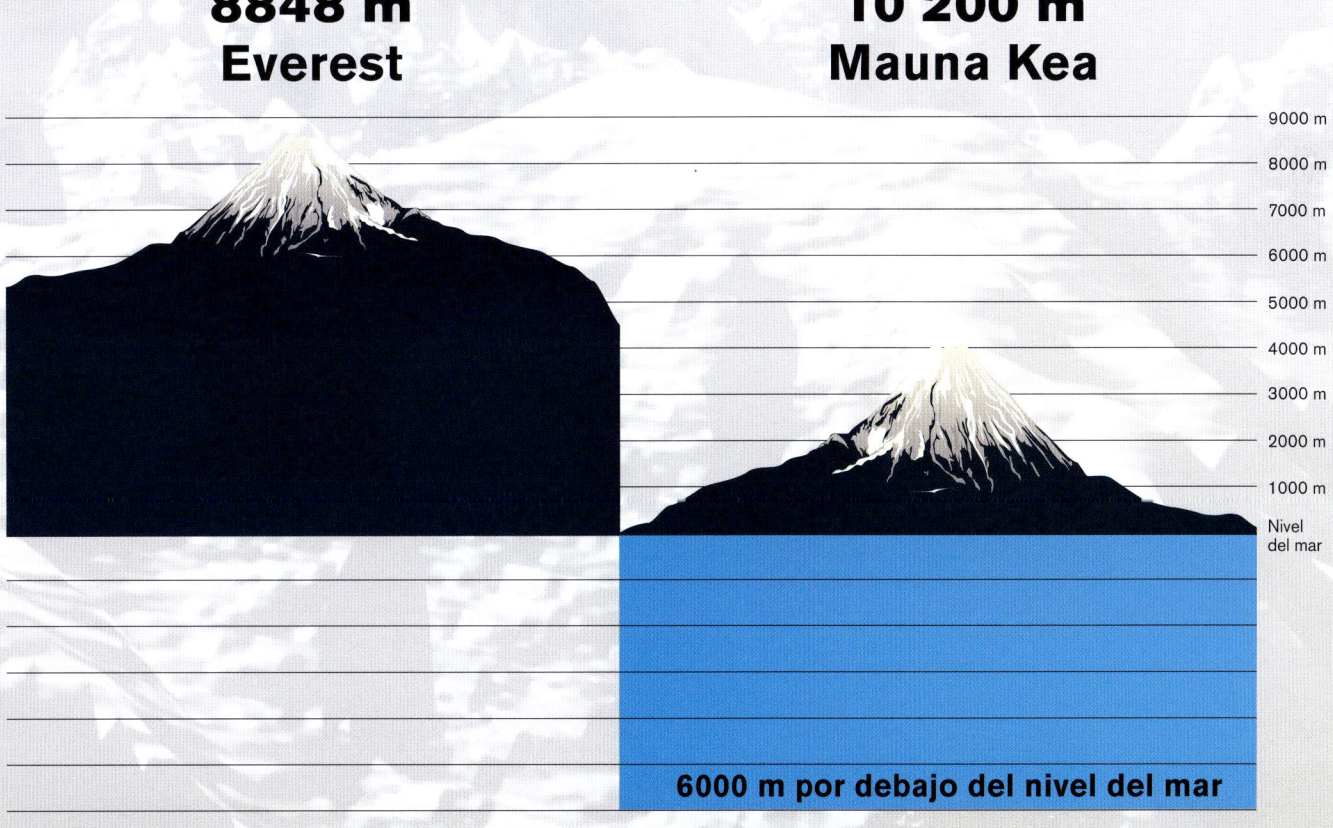

9000 m
8000 m
7000 m
6000 m
5000 m
4000 m
3000 m
2000 m
1000 m
Nivel del mar

6000 m por debajo del nivel del mar

¡AY, QUE ME LA PEGOOO!

Un traje de ardilla voladora veloz

El **traje aéreo** es un equipo de salto especial. Con él, los saltadores **vuelan como los pájaros…** o como **las ardillas,** ya que también se conoce como **'traje de ardilla voladora'.** Un **saltador japonés** llamado **Shin Ito** estableció varios **récords mundiales** en el 2011 con un salto desde **9800 m:** el **salto con traje aéreo más largo (23,1 km);** el salto más largo **(5 min y 22 seg);** y el **más rápido, a 363 km/h.**

¡Salta, salta conmigo!

Los **'saltadores'** de la **isla de Pentecostés,** en **Vanuatu,** fueron los **primeros saltadores de 'puenting' del mundo.** Cada año, entre abril y junio, los hombres saltan desde **altas plataformas de madera,** con lianas atadas a los tobillos para no tocar el suelo. Así demuestran su **coraje** y celebran la **cosecha de ñame.**

¡De locos!

Quienes practican el paracaidismo saltan desde aviones y llevan un paracaídas sujeto a la espalda, pero los aficionados al **'Banzai skydiving'** lanzan **primero** el **paracaídas** y después saltan a por él en **caída libre** hasta que lo **alcanzan**.

CON ESTE TRAJE PAREZCO UN SUPERHÉROE

Rodar y rodar

Inventadas en **Nueva Zelanda** en **1994**, una **zorb** es como una **bola de hámster** para **niños**. Uno se mete dentro de esta **esfera acolchada** y **rueda por una ladera con césped**.

¡Ánimo, vaquero!

La **Calgary Stampede**, en **Canadá**, es **el mayor rodeo del mundo**, un festival de **10 días** del mes de **julio** con **desayunos de tortitas, barbacoas y carreras de carretas**. Más de un millón de personas asisten al **'mayor espectáculo al aire libre'**.

EMOCIONES FUERTES

Locuras de todo el planeta

Una gema perfecta

El **zafiro azul Logan** es **totalmente perfecto** y casi tan grande **como un huevo.** Se encontró en Sri Lanka y es el **mayor zafiro tallado expuesto** del mundo. Se presenta como un broche, rodeado de **diamantes,** y está en el **Smithsonian Museum** de Historia Natural, en EE UU.

LO MÁS AZUL

Maravillas azules del planeta azul

Ciudades azules

Tanto **Chefchaouen**, en **Marruecos**, como **Jodhpur**, en la **India**, son **'la ciudad azul',** ya que muchos de sus edificios están pintados de este color. Las casas de la **isla griega** de **Santorini** son famosas por sus **tejados azules abovedados.**

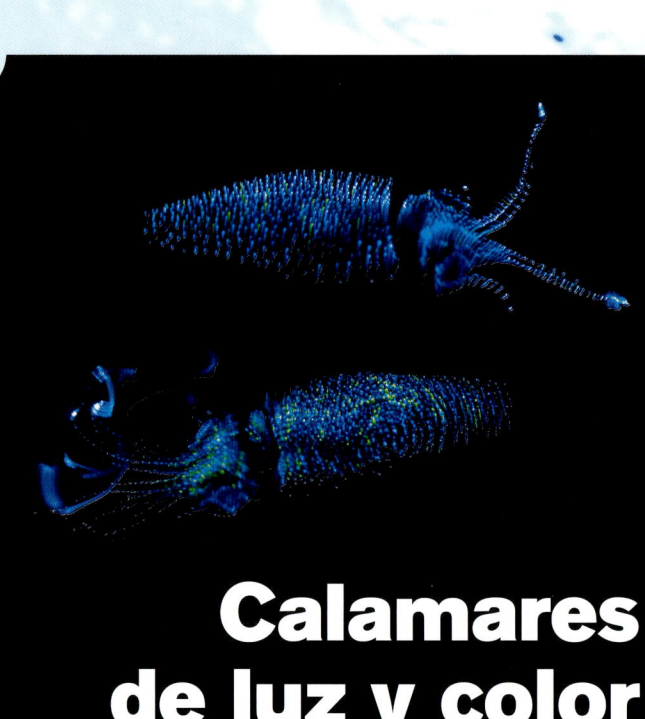

Calamares de luz y color

Mide 7,5 cm de largo pero el **calamar luciérnaga** es espectacular por su **bioluminiscencia.** Tiene **pequeños órganos luminosos azules** que **enciende** y **apaga** para **atraer o confundir. Millones** de ellos se dan cita en la bahía Toyama de Japón los meses de mayo y junio y **el agua se llena de luces azules.**

La gran ballena azul

Las **grandes ballenas azules** son **los animales más grandes de la Tierra.** Pueden alcanzar los **33 m** de **largo,** su **corazón** tiene el tamaño de un **coche pequeño** y su **lengua** pesa **2,7 toneladas.** Pero nunca te tragarían. Comparativamente, tienen la **garganta pequeña**: no les cabe una pelota de playa.

MI CORAZÓN ES TAN GRANDE COMO UN COCHE

SI ES AZUL, ME VALE

Nidito de amor

A los **pergoleros macho** de Nueva Guinea y Australia les **encanta** el azul. Construyen en el suelo un bonito nido, llamado **emparrado,** hecho de ramitas y hierba, y después lo **'decoran'** con todo tipo de **objetos** curiosos… y, sobre todo, azules. **Todo vale: plumas,** bayas, **flores,** huesos, **frutas,** conchas, **pedacitos de plástico,** cristal, un cepillo dental… mientras quede **bonito** para impresionar a la **hembra.**

Peluda y azul

Esta espeluznante araña **Chromatopelma** vive en las zonas áridas de **Venezuela,** Sudamérica.

ESCALAR 7 CIMAS

Imagina escalar **la montaña más alta que hay en cada continente.** Necesitarías unas **piernas** y unos **pulmones muy, muy fuertes.** El **primero** que lo **logró** fue **Richard Bass,** en **1985.** Hasta hoy, **muy pocas personas** han conseguido **igualar su hazaña.**

1 **Asia** monte Everest, Nepal, 8848 m 2 **Sudamérica** monte Aconcagua, Argentina, 6962 m 3 **Norteamérica** monte McKinley, Alaska, 6194 m
4 **África** Kilimanjaro, Tanzania, 5895 m 5 **Europa** monte Elbrus, Russia, 5642 m 6 **Antártida** macizo Vinson, 4897 m
7 **Oceanía** monte Jaya (o monte Carstensz), Indonesia, 4884 m

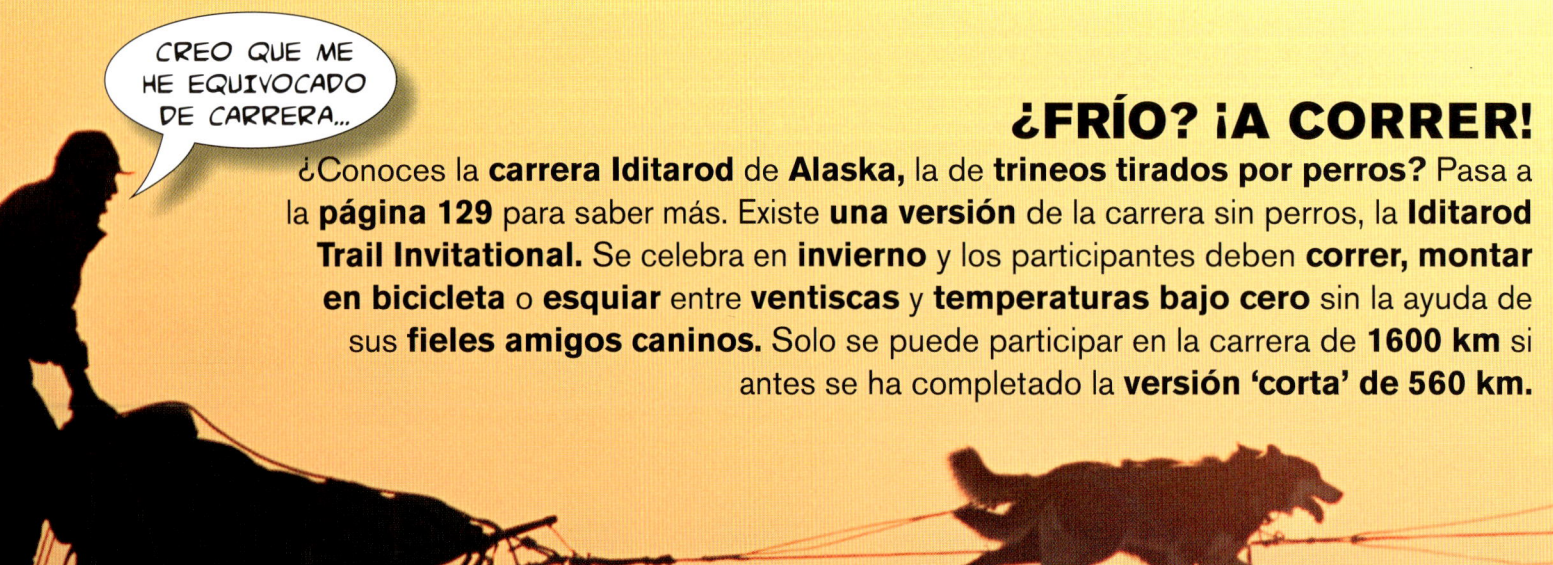

¿FRÍO? ¡A CORRER!

¿Conoces la **carrera Iditarod** de **Alaska,** la de **trineos tirados por perros?** Pasa a la **página 129** para saber más. Existe **una versión** de la carrera sin perros, la **Iditarod Trail Invitational.** Se celebra en **invierno** y los participantes deben **correr, montar en bicicleta** o **esquiar** entre **ventiscas** y **temperaturas bajo cero** sin la ayuda de sus **fieles amigos caninos.** Solo se puede participar en la carrera de **1600 km** si antes se ha completado la **versión 'corta' de 560 km.**

RESISTENCIA EXTREMA

Algunos de los desafíos más duros del planeta

¡A POR LA BICI!

3500 km (aprox.)
Tour de Francia

Pedalear **3000-4000 km** durante **21 días.** Precisamente eso es lo que hacen ciclistas de élite de todo el mundo cuando intentan ganar el **Tour de Francia.** La carrera varía un poco año tras año y tiene **etapas diarias** de **distancias fijas,** pero cuenta con **puertos de montaña** y **carreras contrarreloj** hasta que termina en **París.** Otras dos grandes rutas ciclistas europeas son el **Giro de Italia** y la **Vuelta a España.**

4800 km (aprox.)
Race Across America

Ahora imagínate hacer el **Tour de Francia** en **10 días** en lugar de tres semanas. Estamos hablando de la **carrera transcontinental Race Across America,** que va de la **costa oeste a la costa este** de **EE UU.** La ruta es diferente cada año, pero son **4800 km** del tirón. La **primera carrera,** en **1982,** contó solo con **4 ciclistas.**

12 000 km (aprox.)
Tour d'Afrique

Y si todavía buscas una carrera más larga, prueba a correr el **Tour d'Afrique,** de **12 000 km.** Va de **El Cairo** a **Ciudad del Cabo;** de **Egipto,** en el norte de África, al extremo sur del continente, en **Sudáfrica.**

Coraje vikingo

Hay que ser tan **fuerte** como un **vikingo** para terminar el **triatlón Norseman** de **Noruega.** Primero se cruza **nadando** un **lago helado,** luego se recorren **180 km** de **colinas heladas** en **bicicleta** y después se corre un **maratón (42 km)** que **termina** en la **cima de una montaña.** Los que la terminan se llevan de recuerdo una camiseta negra.

... ES QUE YO ME SONROJO ENSEGUIDA

Un pájaro colorado
La única **ave costera roja del mundo,** el corocoro rojo, vive en las **islas del mar Caribe** y en zonas tropicales de **Sudamérica. Al nacer no es rojo,** sino **grisáceo,** y **va volviéndose colorado** por el **marisco rojo** que **come,** que contiene **carotenoides,** el mismo **pigmento natural** que llevan las **zanahorias.** Será verdad que **somos lo que comemos...**

Bonita y mortal
La **rana flecha roja** parece **apetitosa,** pero quien se la come **muere.** Los cazadores sudamericanos usan su **veneno** para **untar** las **flechas** con las que cazan.

¿Qué es grande, rojo, pesado y un famoso símbolo de Londres?
Los viejos autobuses rojos londinenses parecen muy pesados, pero pueden inclinarse más de 40 grados y no volcar.

¡PELIGRO! NI SE TE OCURRA BESARME

Fíjate en mi naríz y en mi

Los **mandriles** son los **monos más grandes del mundo** y viven en los **bosques tropicales de África**. Tienen el **hocico** y el **culete** de color **rojo brillante,** pero no porque sean vergonzosos. ¡Y si el animal se **excita, el rojo** se vuelve **más intenso!**

LO MÁS ROJO

Curiosidades coloradas de nuestro planeta

Mascando nueces coloradas

Los **dientes más rojos del mundo** los tienen los **mascadores de nuez de areca.** Es la **semilla de una palmera** y se **masca** en algunas zonas de **Papúa-Nueva Guinea,** el **sureste asiático** y **Asia-Pacífico.**

¡Vaya patas!

El **cangrejo gigante japonés,** un tipo de **cangrejo araña** de color **rojo intenso,** tiene la **envergadura de patas más larga de todos** los **invertebrados: 3,8 m de punta a punta.**

La gran roca roja

Uluru es un enorme **monolito de arenisca** del **centro de Australia.** Tiene un **contorno de 9,4 km** y mide **350 m** de **alto,** algo más que la Torre Eiffel. Al **alba** y en la **puesta de sol,** se vuelve de **color rojo.**

El valiosísimo oro

No es raro que el **oro** sea tan **caro.** De las **minas** solo se han extraído **161 000 toneladas** de **oro;** una cantidad que ocuparía una **sala** de **17 m².** Se puede conservar en láminas tan finas que un montón de **7000 láminas** tendría el grosor de una **moneda.** ¡Y **28 g de oro** se podrían estirar como un **alambre** y medir **80 km** de **largo!**

ESTE CUBO VALE SU PESO EN ORO

17m

Bajo el mar

Se cree que en todo el planeta hay unos **3 millones** de **barcos hundidos** en el **fondo de los mares.**

¡Ahí está el 'Titanic'!

En **1985** se descubrieron los **restos** del **'Titanic'** en el fondo del **océano Atlántico.** El colosal transatlántico **chocó** contra un **iceberg** y **se hundió** en su primer viaje, de Londres a Nueva York, en **1912,** a pesar de que era 'insumergible'. Entre otros **objetos recuperados** del naufragio había **frascos de perfume,** botellas de **vino y cerveza,** una **tumbona, cartas de pasajeros,** el **menú** de la última cena servida, **joyas y ropas.**

SECRETOS DE LAS PROFUNDIDADES

Tesoros ocultos bajo la tierra y el mar

Los diamantes sí son para siempre

Si vas a **buscar diamantes,** hazlo en un lugar con **muchos volcanes.** Casi todos los diamantes se forman bajo la superficie terrestre, a presiones y temperaturas muy **elevadas,** y salen al **exterior** por medio de las **erupciones volcánicas.** Muchos diamantes son tan viejos como el planeta; algunos pueden tener más de **3000 millones** de años.

Quietos y silenciosos

Unos **niños silenciosos** juegan al **corro,** agarraditos de las manos. Si quieres verlos, tendrás que ponerte el traje y las gafas de buceo porque forman parte de un **jardín de esculturas submarino** que hay en **Moliniere Bay,** en **Granada,** a **6,7 m** de **profundidad.** Las **65** figuras están hechas con moldes de los **habitantes** de la isla.

Plan para ser rico

Si quieres hacerte **rico,** busca la forma de sacar **oro** del **mar.** En los océanos del planeta hay **18 millones de toneladas de oro.** ¡Y todavía **nadie sabe** cómo **extraerlas!**

¡MI ESCUELA FLOTA!

En **Camboya** hay niños que van a la **escuela remando**. Viven en la **aldea pesquera flotante** de Chong Khneas, en el **lago Tonlé Sap**. También hay una **minipista** de **baloncesto** y una **iglesia flotantes**. Si hay que mover sus **casas-barco**, arrastran la escuela con ellas.

SEÑO, SE ME HA CAÍDO EL BOLI AL AGUA...

APRENDER SOBRE RUEDAS

En la **India** hay **padres y madres** muy pobres que deben **desplazarse** mucho en busca de **trabajo**. En **Goa**, una **escuela sobre ruedas** facilita que sus hijos sigan estudiando.

¡AL COLE!

Lecciones de todas las partes del mundo

Un 'cole' de larga distancia

Imagina **compartir pupitre** con alguien que está **a más de 1000 km de distancia**. Sería señal de que estás en el **aula más grande del mundo**, en el **outback australiano**. Sus aplicados alumnos se reparten por **1,3 millones de km²**; un territorio **cinco veces mayor** que el **Reino Unido** o el **doble de grande** que el **estado de Texas**. ¡Y no van a la escuela! Los maestros dan clase por **internet, correo electrónico, vídeo o teléfono**. Antes los niños de esta **'escuela del aire'** solían escuchar a sus maestros por la **radio**, y tenían que mantenerla encendida pedaleando. Ahora es mucho más fácil.

De excursión a la escuela

¿**Caminarías cinco horas por una gran montaña** para ir a la escuela? Algunos niños en **China**, sí: los que van a una lejana escuela en la localidad de **Gulu**. Suben por un camino muy **estrecho** y algo **peligroso** al borde de la montaña. Algunos se marean y no se les permite jugar a la pelota para que no se caigan montaña abajo. **Muchos** de estos niños **no han visto** jamás un **coche** o un **ordenador**.

En **Japón** los niños dedican 10 minutos al día a limpiar el colegio. Visten **uniforme** y tienen **normas especiales** sobre los **peinados,** el **maquillaje** y los **abalorios.**

En **Tailandia** los niños tienen que **quitarse los zapatos** antes de entrar en clase. **Una vez a la semana** se les examinan **uñas** y **orejas** para comprobar que van **limpios.**

En países africanos como **Ghana, Malawi** y **Sudán** hay **aulas al aire libre,** con las mesas bajo los árboles. Si vas al colegio en **Zambia,** puede que las **paredes** y las **mesas** estén hechas de barro.

En **China** los niños tienen **uniformes gratis.** Van al cole de **7.30 a 17.00,** con una pausa de **dos horas** para **comer.** Hacen **ejercicios** para la **vista** cada día, quizá porque usan mucho el ordenador.

En **Francia** hay muchos niños que no van a clase los **miércoles;** en lugar de eso van al cole **medio sábado.** Su horario es de **8.00 a 16.00,** con una **pausa de dos horas para comer.**

Barcos que no flotan

La **regata Henley-On-Todd** es una **carrera de barcos** en la que no se usa el **chaleco salvavidas**, ya que se celebra en el lecho seco de un río en **Alice Springs**, en **Australia**. ¡Si hubiera agua, los concursantes tendrían un buen **problema** porque los **barcos no** tienen **fondo!** Cada equipo debe cargar con su barco e ir corriendo hasta la línea de meta. Lo único que detiene la carrera es la **lluvia**, porque entonces el río se llena de **agua**.

DEPORTES LOCOS

Las competiciones más disparatadas del planeta

CON ESTE SOLAZO... ¡LOS CHICOS NO VEN NADA!

Con la señora a cuestas

Cada mes de **julio**, en **Sonkajarvi, Finlandia**, hombres **fornidos** se cargan a una **mujer** a la **espalda** y compiten en una **carrera de obstáculos** en el **Campeonato Mundial de Cargar Esposas**. La pareja con el mejor tiempo gana el **peso de la mujer** en **cerveza**.

Fútbol a lo bestia

El **Royal Shrovetide Football** es una celebración de fútbol de carnaval con más de **1000 años** de antigüedad que tiene lugar en **Ashbourne, Inglaterra**. Los **lugareños** se dividen en **dos equipos**, los **Up'ards** y los **Down'ards**, según donde vivan, y deben meter un **balón de cuero** en la **portería rival**, a **4,8 km** de distancia. Hay **pocas normas**, pero **camposantos**, **cementerios** y **casas particulares** quedan fuera del campo; y **¡no se puede asesinar al oponente!** Cuenta la **leyenda** que **antaño** el **balón** era una **cabeza humana lanzada a la multitud tras una ejecución.**

¡AY, MADRE! ¿CÓMO SE PARA ESTOOO?

Un festival ancestral

El **festival Tapati Rapa Nui** de la **Isla de Pascua** incluye muchos **antiguos deportes polinesios**, como el **descenso de acantilados** sobre una **platanera**, **remo lacustre** en una **balsa de juncos y carreras** alrededor del **lago** cargando racimos de plátanos. Es en **enero** y **febrero**, también hay **banquetes**, **música**, y **danza**.

Mira, ¡sin manos!

En **Malasia, Tailandia** e **Indonesia** llevan **500 años** jugando al **sepak takraw** o **voleibol de puntapié**. Es como el **voleibol**, pero **sin usar manos ni brazos**. El balón solo puede tocarse con los **pies**, las **rodillas**, la **cabeza** y el **pecho**.

LA VIDA EN LA CIUDAD

Cosas sorprendentes de las ciudades donde vivimos

COMO SARDINAS

Casi **30 000 personas** viven en cada **kilómetro cuadrado** de **Bombay,** en la **India,** un dato que la convierte en la **ciudad más poblada del planeta.** En **Nueva York** hay **10 200 personas** por kilómetro cuadrado; en **Madrid, 5300;** en **Berlín, 3750;** en **Sídney, 2100.**

Bombay	Nueva York	Madrid	Berlín	Sídney
30 000	**10 200**	**5300**	**3750**	**2100**

El Manhattan de Oriente Medio

Quizá pienses que los **rascacielos** son **muy modernos,** pero en **Oriente Medio** hace **siglos** que **los construyen.** En **Yemen,** los habitantes de **Shibam** viven en **altísimos edificios de adobe;** algunos de hasta **11 pisos de alto.** Se construyeron para **proteger a los lugareños** de los **ataques** de los **beduinos** del desierto. La ciudad también es conocida como **'la Manhattan del desierto'.**

Una calle sin igual

Tras subir por **Baldwin Street,** en Dunedin, **Nueva Zelanda,** se necesita un **buen descanso:** es la **calle residencial** más **empinada del mundo,** y en su punto más alto **se alza 1 m por cada 3 m** que uno recorre. Cada año, 1000 corredores la suben y la bajan durante la carrera **Baldwin Street Gutbuster.** Más fácil es la carrera benéfica **Jaffa Race,** en la cual **30 000** caramelos naranjas se dejan **caer por la pendiente.**

¿TIRAN YA LOS CARAMELOS?

Rojo, rojo, rojo...

Cruzar los **12 carriles** de la **Avenida 9 de Julio** de **Buenos Aires, Argentina,** puede llevar su tiempo. Es la **avenida más ancha del mundo** y los peatones suelen tener que esperar a que cambien tres semáforos para cruzar de un lado al otro. La **calle,** que tiene **100 m** de **ancho,** abarca **una manzana entera.**

573 litros

Es la cantidad de agua que usa una persona en EEUU cada día.

10 litros

Es la cantidad de agua que usa una persona en Etiopía cada día.

La calle más tortuosa

El **Domingo de Pascua,** docenas de personas recorren en **triciclo Lombard Street** en **San Francisco.** Casi todos los participantes se caen antes de llegar al final porque es **la calle más tortuosa del planeta.** Cada día miles de **turistas** pasean por sus **ocho** bruscos y empinados **virajes,** quizá soñando con bajarlos montados en un triciclo. Esta **calle** ha aparecido en muchas **películas y series de TV.**

TOP 10 DE LAS CIUDADES MÁS SUCIAS

Las ciudades pueden ser **lugares sucios** y **contaminados,** hasta el punto de **perjudicar la salud.** Según la OMS, **las 10 ciudades más contaminadas son:**

1 **Ahvaz,** Irán
2 **Ulán Bator,** Mongolia
3 **Sanandaj,** Irán
4 **Ludhiana,** India
5 **Quetta,** Pakistán
6 **Kermanshah,** Irán
7 **Peshawar,** Pakistán
8 **Gaborone,** Botsuana
9 **Yasouj,** Irán
10 **Kanpur,** India

Un sello multimillonario

Si encuentras este **pequeño sello antiguo,** no lo tires: vale casi **2,5 millones de dólares** estadounidenses, suficientes para comprar **100 coches familiares** y **construir un garaje donde quepan todos.** Es **el sello más valioso del mundo** porque es único y se llama **Tre Skilling.** Se imprimió en **Suecia** en **1855** y **tenía que ser azul,** pero salió **amarillo.**

La energía (desaprovechada) del Sol

Cada año, el **Sol,** amarillo, emite desde **20 000 veces** la **energía** que la gente utiliza. Si pudiéramos **aprovecharla** toda para convertirla en electricidad, no tendríamos que quemar aceite, carbón o gas y el **aire** sería **más limpio.**

LO MÁS AMARILLO

Preciados y no tan preciados elementos dorados de todo el planeta

¡HUY, UN TÁBANO!

Como los Simpson

Si **comieras** muchísimas **zanahorias,** la **piel** se te volvería **amarilla.** Eso es porque las zanahorias contienen **caroteno,** un **pigmento** que les da su **color.** ¡Quizá serías la persona más amarilla del planeta!

Un bicho dorado

Unos científicos de Canberra, **Australia,** han bautizado un **rarísimo tábano** inspirándose en **Beyoncé** porque tiene el **trasero dorado.** El bicho se llama oficialmente **Scaptia (Plinthina) beyonceae.**

Taxis amarillos

Si vas en un **taxi amarillo,** es probable que estés en **Nueva York.** Esta gran ciudad tiene unos **13 000 taxis.** Cada año **240 millones** de **pasajeros** hacen **170 millones** de **trayectos** con ellos. De promedio, un taxi en Nueva York recorre **130 000 km** cada **año;** es como dar la **vuelta al mundo 3,25 veces.** Para conducir uno, hay que ir a la **escuela de taxis.**

VOY A DAR LA VUELTA AL MUNDO

¿A que no sabías que...
...los insectos tienen la sangre amarilla?

VEN, QUE TE DOY UN ABRACITO...

S-s-s-sorpresa en el pantano

Las **anacondas amarillas** tienen **manchas** como los **leopardos. Acechan** en los **pantanos** de **Sudamérica, estrujan a sus presas hasta matarlas** y se las **tragan enteras.** Son más **pequeñas** que sus **primas de color verde:** alcanzan los **3 m** de **largo** (las verdes pueden llegar a medir **tres veces** más).

La mayor mina de oro

La **mina Grasberg,** en la **provincia indonesia** de **Papúa,** es la **mayor mina de oro del mundo:** un **agujero** de **4 km** de **ancho** situado en lo alto de las montañas, cerca de un glaciar.

Grande, amarillo y brillante

El **diamante amarillo más caro del mundo,** el **Sun Drop,** se vendió en el 2011 por **10,9 millones de dólares.** Es el **diamante amarillo más grande de la Tierra,** tan grande **como un globo ocular.**

LOS OCÉANOS

¡Nuestro planeta azul es un enorme charco!

Las olas más grandes

Imagínate **surfear** sobre una **ola** tan **alta** como un **edificio** de **10 pisos** sobre rocas y corales. El **surf de olas gigantes** es uno de los **deportes más peligrosos del mundo**. Los **surfistas** van **remolcados** por **motos de agua** hasta un lugar en el mar donde cabalgan **olas de hasta 27 m de altura**. Las **mejores olas gigantes** se dan en **Australia, Hawái, California** y **Portugal**.

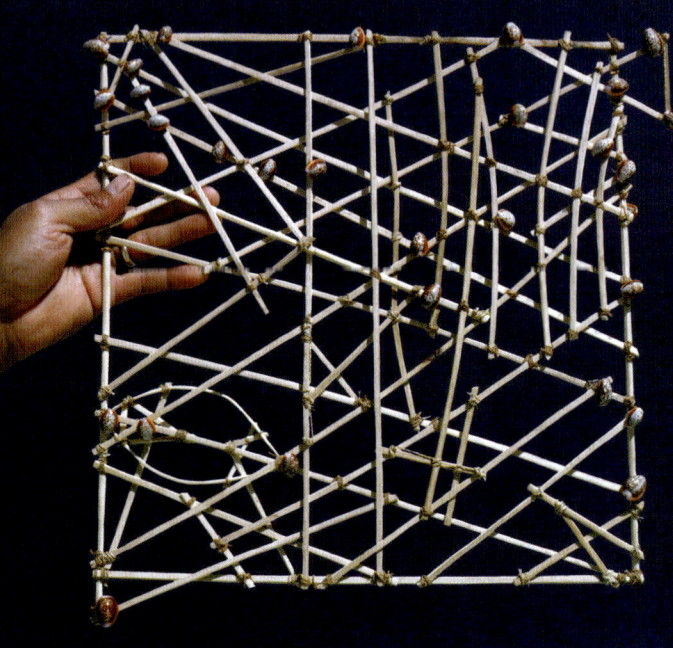

¡Y SIN VECINOS PESADOS!

Una isla perdida...

Bouvet es la **isla más remota del mundo**. Está al **sur del océano Atlántico, 2525 km al suroeste de Sudáfrica** (a **dos semanas** en **barco**, con suerte). Está cubierta de **hielo** y en ella solo hay **musgo, focas, pájaros y pingüinos**. En **1979** un **satélite** registró un destello de luz cerca de la isla que, según los científicos, pudo deberse a una **explosión nuclear** o al **impacto de un meteorito** contra la Tierra.

Mapas con palitos

Los **habitantes** de las **Islas Marshall**, en **medio** del enorme **océano Pacífico**, usaban **mapas de palitos** para **navegar** entre las islas. Eran como los mapas modernos, que muestran las **islas**, la **dirección del viento** y las **corrientes marinas**.

Desaparecer bajo las olas

Las **islas del Pacífico** –como **Kiribati, Tuvalu, las Islas Cook** y las **Islas Marshall**– corren **peligro de desaparecer** bajo las olas por culpa del **calentamiento global,** que **sube el nivel del mar.** Habitantes de las **Islas Carteret** en **Papúa-Nueva Guinea** ya se han **mudado** a otros sitios porque sus casas y sus cultivos han sido **pasto de las olas.**

Los cinco océanos

La **Tierra** tiene cinco océanos: **el Pacífico, el Atlántico, el Índico, el Antártico y el Ártico. El Pacífico** (en la imagen) es el **más grande** y el **más profundo;** el **Ártico,** el **más pequeño.** Los **mares** son **pequeñas partes de los océanos** y suelen estar **más cerca** de la tierra. Los **más grandes** son el **mar de la China,** el **mar Caribe** y el **mar Mediterráneo.**

La sal de la Tierra

Los **océanos** cubren un **70%** de la **superficie terrestre** y el **agua** es **salada,** con lo que **no** se puede **beber.** Pero **¿cuánta sal tiene?** Si retiráramos toda la sal del océano y la extendiéramos sobre la tierra, formaría una **capa de 150 m** de grosor y tendría la **altura** de un **edificio de 45 pisos.**

En tren por Rusia

Se tardan **siete días** en recorrer la **vía férrea de larga distancia continua más famosa del mundo:** la del **Transiberiano,** de **9289 km,** que cruza **Rusia**. Atraviesa siete husos horarios y va de **Moscú,** en el oeste, a **Vladivostok,** en el este. Es como ir de Londres a Tokio.

MOSCÚ

VLADIVOSTOCK

Distancia	1000km	2000km	3000km	4000km	5000km	6000km	7000km	8000km	9289km
Tiempo de trayecto	0D13H35M	1D3H55M	1D14H10M	2D4H25M	2D17H10M	4D2H45M	4D17H15M	6D1H55M	6D18H13M

VA DE TRENES

Curiosidades interesantes sobre trenes y estaciones del mundo

Maravillas en miniatura

Miniatur Wunderland, en **Hamburgo, Alemania,** recrea Europa y EE UU a **pequeña escala,** aunque es **la maqueta de trenes más grande del mundo.** Tiene tantas figuritas de personas como para poblar una ciudad grande y la vía mide **9 km** de **largo.**

¿Es un trabalenguas?

La diminuta estación de tren del pequeño pueblo de **Llanfairpwllgwyngyll,** en Gales, es la que tiene el nombre más largo del mundo:

LLANFAIRPWLLGWYNGYLLGOGERYCHWYRNDROBWLLLLANTYSILIOGOGOGOCH

Llan-vire-pooll-guin-gill-go-ger-u-queern-drob-ooll-llandus-ilio-gogo-goch

ARRIVA   Arriva Trains Wales / Trenau Arriva Cymru

Significa **"Iglesia de Saint Mary** en la **hondonada del avellano blanco** cerca del **torbellino rápido** y la **iglesia de Saint Tysilio** con una **cueva roja".**

¡EH! ¡QUE YO ME BAJO AQUÍ!

¿QUIÉN ME MANDARÍA A MÍ QUEDAR EN EL ÚLTIMO VAGÓN?

El tren más largo del mundo

A mucha gente le gusta viajar en **el tren más largo del mundo,** pero la mayoría lo hace sin asiento. El tren mide **3 km de largo,** circula por **Mauritania,** en **África,** y transporta **mineral de hierro.** Los viajeros **se montan gratis** en el **techo** de uno de los **200** vagones.

A empujones

El **metro** de **Tokio** tiene **muchos viajeros** y unos empleados, los **oshiyas,** empujan a la gente en los vagones para que se puedan cerrar las puertas. Cada año hay más de **3000 millones de viajes** en el **metro más lleno del mundo.**

¡Mira, sin ruedas!

En **Japón** hay trenes que flotan sobre **imanes** y van muy rápido. Uno alcanzó los **581 km/h,** casi la mitad de la velocidad del sonido.

Un ritual muy doloroso

Dicen que la picadura de una **hormiga paraponera** es como un **disparo de bala.** Es el insecto con la **picadura más dolorosa** de la Tierra. Imagínate enfundarte unos guantes llenos de estas hormigas… ¡Pues es lo que hacen los chicos de la tribu **satere-mawe** en **Brasil** durante el **ritual iniciático** más doloroso del mundo. Tienen que aguantar **10 minutos** con los guantes puestos sin gritar. A menudo sufren **parálisis temporal** de brazos a causa del veneno y tienen **temblores** durante días. ¡Lo peor es que deben superar el ritual **20 veces!**

ES EL DISFRAZ PERFECTO...

¡OJO, QUE MUERDO!

Bigotes de jaguar

Para **parecerse a los jaguares,** los **matsés,** una tribu que vive en el **Amazonas,** se **tatúan la cara** y se **colocan astillas de palmera** en la **nariz** o las **mejillas,** como si fueran los **bigotes del animal.**

A cada cual, su tatuaje

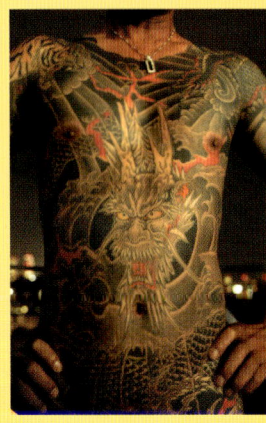

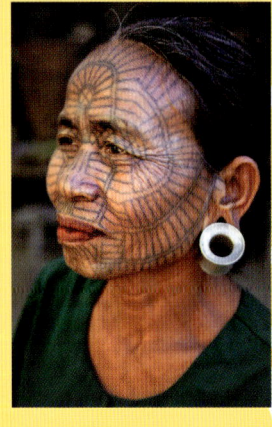

Los **maoríes** de **Nueva Zelanda** se **graban la piel** con **pequeños cinceles.** Estos **tatuajes tribales** se llaman **ta moko.** Los maoríes **más importantes** solían lucir un tatuaje **ta moko** en la **cara** para que la gente viera **lo importantes que eran.**

Los **gánsteres japoneses,** llamados **yakuza,** suelen lucir **impresionantes y elaborados tatuajes** en todo el cuerpo como señal de su pertenencia a una **banda.**

Los habitantes de los **montes Chin,** en **Myanmar,** se **tatúan** para **distinguirse entre tribus.** Muchas **chicas jóvenes** llevan la **cara tatuada.**

Algunos **hombres samoanos** llevan un **tatuaje pe'a** de la **cintura** a las **rodillas.** Se **tarda semanas en terminarlo** y es **muy doloroso.** Las **samoanas** a veces llevan un **tatuaje malu** en las **piernas,** de debajo de la rodilla al muslo.

Las **chicas inuits** solían tatuarse la **cara** como señal de fuerza y de belleza. Mojaban tendones de animales en tinta **negra** y se los ponían en la **cara** hasta que se fijaban las manchas de tinta.

Un clavo, dos clavos...

El **Viernes Santo,** los habitantes de las **provincias filipinas** del **norte, Pampanga** y **Bucalan,** recrean la **crucifixión de Jesucristo** crucificándose con clavos y **torturándose** después. Miles de personas van a ver la ceremonia.

¡ESTO DUELE!

Posiblemente, lo más doloroso del planeta

¡Esto pincha!

Durante los **nueve días** del **Festival Vegetariano de Phuket,** en **Tailandia,** hombres y mujeres en trance se clavan **cuchillos, pinchos** y otros **objetos punzantes** en las **mejillas,** la **lengua** y **otras partes del cuerpo;** o corren descalzos sobre brasas ardiendo. **Jamás** lo **intentes** en casa.

SEGURO QUE HAY OTRA FORMA DE TOCAR LA GUITARRA...

Jugando con rayas

Las enormes **rayas látigo** de **Stingray City,** en las **Islas Caimán,** en el **Caribe,** son tan mansas que se acercan enseguida a los humanos. Estas rayas no muerden, pero tienen una **púa bajo la cola** que usan para protegerse.

LOS AMIGOS ME LLAMAN RAYITO

Peces que no ven

Los **tetras ciegos mexicanos** son peces que viven en cuevas y que **ya no tienen ojos** porque han pasado el último **millón de años** en la **oscuridad** y la **piel ha crecido** hasta tapárselos. Por raro que parezca, **nunca chocan con otros peces, y nadie sabe por qué.**

Un pezqueñín muy pezqueñín

El **pez más pequeño del mundo** es también el **animal con espina dorsal más pequeño del mundo.** La diminuta **carpa transparente** mide **8 mm** de largo y vive en **pantanos** de **Sumatra** y **Borneo,** aunque puede vivir incluso en **charcos pequeños.** Es **tan pequeña** que podrías **esconderla debajo de una uña.**

¡Y no estaba muerto!

Cuando todo el mundo creía que el **celacanto** se había extinguido hace **65 millones de años,** apareció uno vivo en la costa de **Sudáfrica** en **1938.** Estos peces vivían **antes de que los dinosaurios camparan por la Tierra.**

El más grande

El **pez más grande del mundo,** el **tiburón ballena,** que puede alcanzar los **13 m de largo,** podría engullirte de un bocado pero prefiere comida más pequeñita. Son animales muy **tranquilos** que cruzan los océanos lentamente. A veces algunos submarinistas **bucean con ellos.**

Larga vida ahí abajo

Si fueras un pez y quisieras tener una **larga vida,** te irías a vivir al fondo de los **océanos más oscuros y profundos del planeta.** Allí los peces viven muchos años. ¡Algunos **peces de roca** que viven a 3000 m de profundidad tienen **más de 200 años!** La mayoría de ellos viven en el **océano Pacífico.**

COSAS DE PECES

Datos curiosos pasados por agua

SOY EL MÁS GUAPO DE LA PÁGINA...

Un lago y muchos peces

El **lago Malawi,** en **África,** alberga **más especies de peces que cualquier otro de la Tierra,** incluidos más de **300 tipos** de estos **coloridos peces cíclidos.**

DE PRONTO ME APETECE COMER PESCADITO FRITO.

África

República Centroafricana

Camerún

Guinea Ecuatorial

República
del Congo

Gabón

República
Democrática del
Congo

La selva congoleña

- Es la segunda mayor selva tropical del mundo después de la del Amazonas.
- En ella viven **11 000 especies de plantas, 1150 especies de aves, 440 especies de mamíferos, 300 especies de reptiles y 200 especies de anfibios.**
- En algunas zonas es una selva tan densa que solo puede recorrerse por el río Congo en barco; son **zonas inexploradas** aún hoy.
- Cada año se **tala** más selva debido a la **explotación forestal,** la **minería** y para tener **campos de cultivo y aldeas.**
- Muchos **animales selváticos,** como los gorilas, son cazados por gente hambrienta que se los come.

El río Congo

- En él viven casi **700 especies de peces.**
- Es el **río más profundo del mundo:** algunos tramos tienen **195 m** de **profundidad.**
- Por volumen de agua, es el **mayor río de África;** aunque no es tan largo como el más largo del continente, el Nilo (el Congo tiene **4700 km** y el Nilo, 6650).
- Cruza el ecuador dos veces y en algunas partes llega a medir **24 km** de **ancho.**
- Sus **rápidos y cascadas** tienen tanta **fuerza** como todos los ríos y las cascadas de EE UU juntos. Algunos rápidos son tan veloces y fuertes que cruzarlos resulta demasiado **peligroso,** como **Gates of Hell,** de **120 km.**

¡ES EL CONGO!

En el mayor río y el mayor bosque tropical de África viven animales, plantas y gentes sorprendentes

La gente de la selva

Muchos nativos viven en **pequeñas tribus tradicionales** en la selva, como los **mbutis** y los **mbengas.** Son gente muy **bajita;** algunos hombres no miden más de **1,50 m. Cazan y recolectan** sus alimentos en el **bosque,** trasladando el poblado cuando se agotan los recursos. Su modo de vida está en **peligro** porque les están talando la selva.

Peligroso...

¿Treparías **30 m** por un **árbol,** solo con las piernas, para recolectar **miel** de una colmena llena de abejas? Los **mbutis** más valientes lo hacen porque su tribu **adora** la miel. Un **pájaro,** el indicador grande, les señala dónde están las **colmenas.**

A VER, ¿QUIÉN ME HA PINTADO LAS PATAS?

Animales que solo viven aquí

Tiene el **cuerpo como un caballo** y **marrón,** las **patas de cebra** y la **lengua de jirafa,** y no se encuentra **en ninguna otra parte del mundo,** ¿qué es? ¡El **okapi!** Es **pariente** de la jirafa; los machos incluso tienen **cuernecitos peludos** como las jirafas. **No es fácil ver okapis** en el bosque, ya que su piel les garantiza **un camuflaje excelente.**

MIS PRIMOS HUMANOS NO SON MUY MONOS...

Los pacíficos **bonobos** son nuestros **parientes** más cercanos; compartimos el **98% de nuestro ADN.** Entre ellos **mandan las hembras.**

El **pavo real del Congo** es **muy difícil** de ver.

Árboles-despensa

Los pájaros carpinteros **hacen agujeros** en los árboles para **esconder bellotas** en ellos, así tienen **qué comer** si hace **mal tiempo.** ¡Hay árboles-despensa con más de **50 000 agujeros!**

Meteoros y cráteres

En el pasado los **meteoros** del **espacio exterior llegaron a la Tierra** y dejaron **grandes agujeros,** como el **cráter Vredefort,** en Sudáfrica, **el más grande de todos.** Mide **300 km** de ancho y es probable que fuera causado por un **meteoro de 5-10 km de largo.** Se cree que **los dinosaurios desaparecieron** de la Tierra hace **millones de años** por el impacto de un meteoro.

¡Burbujas!

El **queso suizo emmental** está **lleno de agujeros,** porque cuando se elabora queda **gas atrapado dentro,** que crea **grandes burbujas.** Es el queso **más antiguo** de Suiza.

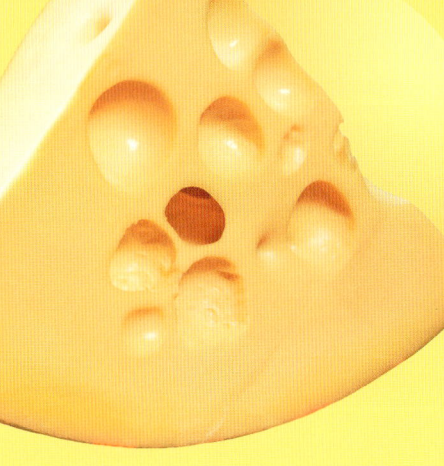

Una mina que impresiona

La **mina del cañón de Bingham,** en **Utah,** EE UU, es el **agujero más grande hecho por el ser humano en el suelo.** Tiene más de **1,2 km** de profundidad y **4 km** de ancho. En él cabrían **12 portaaviones de punta a punta** a lo ancho y **tres edificios como el Empire State uno encima del otro** a lo hondo, aunque apenas rozarían el borde. Más de **408 000 toneladas** de roca, tierra y minerales se extraen de esta mina **cada día.**

¡Vaya agujero!

En el **2010** un **gran agujero** se abrió en medio de la **ciudad de Guatemala**. Tenía **18 m de ancho** y **100 m de hondo**. Lo causó una **fuerte tormenta** y una **tubería del alcantarillado en mal estado.** Este tipo de agujeros se forman de repente cuando **el agua se lleva las rocas y la tierra** que hay bajo la superficie.

¡AGUJEROOOS!

Grandes y pequeños agujeros del mundo

Cosas de chicas

Las chicas **mursis** en **Etiopía** se hacen **grandes agujeros** en los **labios** y los **lóbulos de las orejas,** y se ponen **platos de arcilla** en ellos. Es la **señal** de que se **hacen adultas.**

ME GASTO UNA FORTUNA EN PINTALABIOS.

¡A cavar!

En **1970** los **rusos** empezaron a **perforar un agujero en el suelo a ver qué encontraban.** Se detuvieron en **1989,** y el agujero ya medía **12 262 m** de profundidad, siendo **el más hondo jamás excavado** en la superficie de la Tierra. Encontraron **mucho calor (180°C),** un **montón de agua** e **hidrógeno.**

La pieza más silenciosa

La **pieza musical más silenciosa** es **4'33"** de **John Cage.** ¡El pianista se **sienta al piano** y **no toca ni una sola tecla** durante **4 minutos y 33 segundos!** Cage compuso otra pieza, **lentísima,** el **Organ2/ASLSP,** que actualmente **se interpreta en Alemania** y todavía puedes ir a escucharla: el recital **no terminará hasta el año 2640.**

¡RUIDO!

Silencios y sonidos insospechados

ESTE PUERRO ESTÁ DESAFINADO

Maneras de cantar...

El **animal más ruidoso** con relación a su tamaño es el **corixa punctata,** un insecto del tamaño de un **grano de arroz** que hace mucho ruido al frotarse su **pequeño pene** contra el **vientre** para 'cantar'. Hace tanto **ruido** como los **vagones de un metro** al pasar.

Verduras y hortalizas musicales

¡Los músicos de la **Orquesta Vegetal de Viena,** en **Austria,** tocan instrumentos tallados en verduras y hortalizas! **Flautas de zanahoria, guitarras de apio, trompetas de pepino, platillos de berenjena, tambores de calabazas, violines de puerros** y un **'gurkaphon'** (un **pepino hueco**). En cada concierto los músicos utilizan hasta 70 kg de verduras y hortalizas frescas. Al terminar, el público disfruta de una buena **sopa de verduras.**

¡Caray con la gambita!

La gamba pistolera **sorprende** y **a veces mata** a su presa **haciendo sonidos. Es el animal más ruidoso del mundo.** Hace burbujas **chasqueando sus pinzas,** y cuando **las burbujas explotan,** el sonido es aterrador. Una colonia entera de gambas pistoleras puede hacer **pasar la noche en vela** a un pueblo de la costa.

ES COMO EL WASAPS, PERO MÁS MELODIOSO!

El canto de las montañas

Los **cantores tiroleses** y los **intérpretes de trompa** se reúnen cada **tres años** en el **Festival de Canto Tirolés de Suiza.** Es un **canto** inspirado en los **gritos que los antiguos pastores** usaban para comunicarse en los **Alpes de un valle a otro.**

Londres musical

Londres es **una de las ciudades con más música. Cada año** hay más de 32 000 actuaciones musicales en la ciudad, ¡unas **620** por semana!

Los 5 lagos más GRANDES del mundo

394 300 km²
Mar Caspio, Rusia, Azerbayán
Kazajistán, Turkmenistán, Irán

82 400 km²
Lake Superior, Canadá, EE UU

69 485 km²
Lago Victoria, Tanzania, Uganda

59 600 km²
Lago Hurón, Canadá, EE UU

58 000 km²
Lago Michigan, EE UU

El **mar Caspio** está **considerado un lago** porque está **rodeado de tierra por todos sus lados.** Los **otros cuatro cabrían dentro de él;** además de los **siguientes cuatro** que continuarían la clasificación: el **lago Aral** (Kazajistán, Uzbekistán), el **lago Tanganica** (Tanzania, Congo), el **lago Baikal** (Rusia) y el lago **del Gran Oso** (Canadá).

¿SOY PRODUCTO DE MI IMAGINACIÓN?

Historias de monstruos

Desde tiempos antiguos la gente **ha creído ver** distintos tipos de **monstruos en los lagos:** el **Pinatubo** de las Filipinas, parecido a una serpiente y de color negro; el **Ogopogo** de Canadá, los misteriosos **Mokèlé-mbèmbé** y el **Emela-ntouka** de África o los **bunyips** del outback australiano. El más famoso es **el monstruo del lago Ness, 'Nessie',** en Escocia. ¿Existen estos monstruos? **¡Tú decides!**

¿Los han contado?

A **Finlandia** la llaman **'el país de los mil lagos'.** ¡Y en realidad tiene **187 888 lagos!** Aunque eso **no es nada** comparado con **Canadá,** que tiene **tantos lagos, grandes y pequeños, que nadie ha podido contarlos nunca.** Sí se sabe que en Canadá hay **31 752 lagos** con un área de, al menos, **3 km²;** pero hay **muchísimos más** que son más pequeños… y algunos que son **enormes: 14** de ellos superan los **10 000 km².**

El lago ruso de los récords

El **lago de agua dulce más grande, profundo** y **antiguo del mundo** es el lago Baikal, en Siberia. Contiene el **20%** del **agua dulce del planeta.** En invierno **se congela,** como un **cubito gigante.**

UN MONTÓN DE LAGOS

En la Tierra hay más de 304 millones de lagos… ¡Eso es mucha agua!

Para llenar muchos, muchos saleros

El **lago de sal seco más grande del mundo** es el **Salar de Uyuni,** en los **Andes,** en **Bolivia** (en la foto). Mide **10 582 km²** y en algunos tramos el **grosor de sal** alcanza los **10 m.** Cuando llueve, se llena de agua y se convierte en el **mayor espejo natural del mundo.** En el crían los **flamencos rosas.**

¡SOMOS GNOMOS ACUÁTICOS!

El SECRETO del fondo del lago

El **lago Wast Water,** en el **Reino Unido,** tiene un **'jardín de gnomos'** secreto en el fondo. En el **2005** la **policía** los **retiró,** porque estaban colocados a mucha profundidad y algunos buceadores habían muerto buscándolos; pero otros siguieron colocando más gnomos. ¡Seguro que son los **gnomos más submarinos del mundo!** Según los buceadores hay **40** gnomos y se van sumando más. Un gnomo se llama **Gordon,** otro va vestido de **buzo,** otro lleva un **cortacésped,** otro va en un **avión de madera…** ¡incluso hay un **árbol de Navidad!**

Lanzamientos variados escoceses

Los **escoceses** lo tiran todo y han hecho de ello **un deporte.** Los **Highland Games** son una versión escocesa de los **Juegos Olímpicos.** El **lanzamiento de cáber** consiste en lanzar un **gran tronco** parecido a un **poste de teléfonos;** en el **lanzamiento de fardo** se lanza un **saco de paja;** también hay **lanzamiento de 'haggis',** el típico **embutido escocés** hecho de **corazón, pulmones** e **hígado de oveja.**

CONCURSOS LOCOS

¡VAYA MONDADIENTES VOY A LANZAR!

¡Lo que hay que hacer para ganar un premio!

Concursos de comilonas

Debes tener al menos **18 años** para participar en los **concursos** de la **Major League Eating.** Hay que engullir tanta comida como se pueda en un tiempo fijo. ¡Los participantes se sienten como **deportistas de élite!** Algunos récords son comer **68 perritos calientes** en **10 minutos, 47 trozos de pizza** en **10 minutos, 49 dónuts glaseados** en **8 minutos** o **3,8 kg de judías en salsa** en **2 minutos y 47 segundos.** Antes solo se celebraban en EE UU, ahora se hacen en todo el mundo.

¡Planchar es emocionante!

Si no el más excitante, podría ser **el deporte más pulcro del mundo**. Los participantes del **Planchado Extremo** se llevan una **tabla de planchar** a un **sitio remoto** y planchan. Planchan **saltando en paracaídas, bajo el agua, escalando, esquiando** y **en kayak…**

> MI GUITARRA SIEMPRE ESTÁ AFINADA, ¿VES?

Guitarras invisibles

¿Alguna vez has **fingido que tocabas la guitarra eléctrica** con **tu canción favorita?** ¡Seguro que sí! A algunos **finlandeses** les gustaba tanto la idea que organizaron un concurso, el **Campeonato de Air Guitar**. Se celebra en la ciudad de **Oulu** y atrae a **docenas de participantes** y a **miles de fans.**

Con ritmo, sin golpes

La **capoeira** es un **deporte brasileño** que combina **artes marciales, música** y **danza.** Se forma un **círculo**, los **músicos tocan** y dos personas se ponen en el centro a **saltar, golpear** y **dar puntapiés,** pero **sin tocar al otro.** El objetivo es **demostrar la destreza** de cada uno.

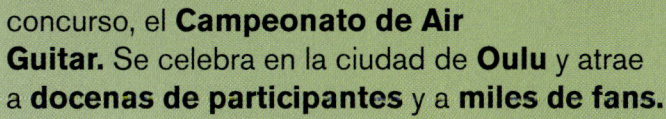

Jaque mate y K.O.

El **ajedrez-boxeo** debe de ser uno de los **deportes más raros del mundo.** Dos concursantes juegan una partida de **11 'rounds'.** En cada asalto dedican **4 minutos** al **ajedrez** y **2** al **boxeo.**

Islas artificiales

El desértico **Dubai,** en **Oriente Medio,** cuenta con las **islas artificiales más grandes del mundo.** Tienen **forma de palmera** y se han construido con **arena extraída del fondo del mar.** Miden **5 km de ancho.**

También en Dubai se están construyendo un **grupo de islas** llamadas **El Mundo,** que tendrán el aspecto de un **mapamundi** vistas desde el espacio.

DESDE AQUÍ TENGO UNAS VISTAS ESTUPENDAS

La más pequeña

La isla **más pequeña del mundo** es Bishop Rock, cerca de la **costa del Reino Unido.** Mide **46 m de largo** y **16 m de ancho,** y un **faro** la **ocupa casi entera.** Hace muchos años los **criminales** eran enviados a la isla para **morir.**

Islas y especias

Las islas **Maluku** y **Banda,** en **Indonesia,** son **las islas con más especias del mundo.** Antaño eran **las islas de las especias:** en ella crecían especias 'raras' como la nuez moscada, el macis o el clavo. Banda era el **único lugar del mundo** donde crecía la nuez moscada, que en el **s. XVII** era **más valiosa que el oro.**

La más remota

Si quieres alejarte del **mundanal ruido,** vete a **isla Tristán da Cunha,** al **sur del océano Atlántico.** Está a **2816 km** de la 'civilización', lo que la convierte en la **isla habitada más remota del mundo.** En ella viven **271 personas.** Tiene una emisora de radio.

TRISTAN DA CUNHA

SOUTH ATLANTIC

¡ESTA ISLA ESTÁ LLENA DE BICHOS LOCOS COMO YO!

ISLAS DEL TESORO

¡Tierra a la vista! ¡No te lo pierdas!

La isla donde el tiempo se paró

Las **Galápagos,** en el **océano Pacífico,** cerca de la costa de Sudamérica, son un lugar muy **especial.** En ellas viven casi **9000 especies de animales.** Al permanecer aisladas del continente millones de años, muchas de las especies solo se encuentran aquí; como las **tortugas gigantes,** las **iguanas marinas** y el **pingüino de las Galápagos,** el único pingüino que vive en el Ecuador.

¿Quién quiere ser billonario?

Es fácil ser **billonario** si vives en **Zimbabue**. En el **2009** el país emitió el mayor billete de la historia reciente: uno de **100 billones de dólares**. ¿Que cuánto es un **billón**? Un **millón de millones**. ¡Pero al cambio el billete de Zimbabue solo vale **230,22 €**!

Disneydinero

Si vas a **Disneylandia** puedes usar **Disney dólares**. Creados en **1987**, hay **billetes de 1, 5 y 10 dólares** y tienen el **mismo valor** que el **dólar estadounidense**.

Muchos ceros, pero poca pasta

El billete de más valor de la historia fue el de **cien mil billones de pengos** (100 000 000 000 000 000 pengos), emitido en **Hungría** en **1946**. Solo valía **20 centavos** estadounidenses.

DINERO

El dinero mueve el mundo... pero no todo son euros

PARA DEVOLVER EL CAMBIO NECESITO UN CINCEL...

¿Quién dijo calderilla?

Si quieres **comprar** algo en la isla de **Yap** en **Micronesia,** tienes que tener mucho dinero o, mejor dicho, dinero ENORME. Algunas monedas de la isla están hechas de **discos de piedra** de hasta **4 m** de **altura** que pesan **7,3 toneladas**, las llaman **piedras rai**. Por suerte, los isleños ya saben quién las tiene y no hace falta llevarlas encima.

Objetos que han servido como dinero

Antes de que se inventaran las **monedas** y los **billetes** la gente **pagaba** con todo tipo de objetos.
Muchos de ellos tenían **valor** por ser **útiles, escasos** o **bonitos.**
A continuación tienes **unos cuantos ejemplos:**

CUENTAS

PIEDRAS PRECIOSAS

SAL
(de aquí viene la palabra 'salario')

MANTEQUILLA

METALES PRECIOSOS

CONCHAS

CAMELLOS

GRANO

CARACOLES

QUESO

PERLAS

HOJAS DE TÉ

VACAS

RATAS

La **capa exterior** de la Tierra es la corteza. No está hecha de una sola pieza, sino de **muchas piezas pequeñas,** como un puzzle. Son las **placas tectónicas,** que están siempre moviéndose y chocando entre sí. Los **terremotos** se producen cuando dos de estas placas que se están tocando se desplazan de repente. La **fuerza** de un terremoto es su **magnitud** y se mide con **varios tipos de escalas.** Los volcanes suelen estar en los bordes de las placas tectónicas, donde la corteza terrestre es más fina.

EL PLANETA TIEMBLA

La tierra no es tan firme como creemos

¡Millones de terremotos!

Cada año **1,5 millones de terremotos sacuden el mundo.** ¡Son casi **tres terremotos por minuto!** Por suerte, la mayoría de ellos son **tan suaves** que **no los notamos.**

¡Hola, vecino!

En el estado de **California,** EE UU, la **placa tectónica del Pacífico** y la de **Norteamérica,** en la **Falla de San Andrés,** se deslizan una sobre otra **56 mm cada año,** a la **misma velocidad a la que crecen tus uñas.** La ciudad de **Los Ángeles** está sobre una placa, y la de San Francisco, en la otra. Entre ambas ciudades hay **560 km,** pero en **15 millones** de años **pasarán** una junto a la otra.

Un lago infernal

Si sobrevolaras el volcán **Nyiragongo,** en la **República Democrática del Congo,** África, y miraras **su cráter,** verías el **impresionante espectáculo** de luces que causa su **lago de lava fundida. Escupe, burbujea** y **brilla** de un **color naranja intenso.** La lava viene de lo **más profundo de la Tierra.**

El poder explosivo de la naturaleza

El **Cinturón de fuego del Pacífico** es la **mayor zona volcánica** del planeta. Está en los **bordes del océano Pacífico,** tiene forma de herradura, mide **40 000 km** y alberga la **mitad de los volcanes del mundo (452),** además de **terremotos constantes.** En él coinciden montones de placas tectónicas y el **90%** de los terremotos del mundo.

ASIA

NORTEAMÉRICA

SUDAMÉRICA

AUSTRALIA

—— Cinturón de fuego del Pacífico

Grandes terremotos

En el **2009** un terremoto en **L'Aquila, Italia,** mató a **308 personas.** El mayor terremoto jamás registrado sacudió la Tierra entera durante días. El terremoto de **Valdivia, Chile,** el 22 de mayo de **1960,** con una magnitud de 9,5, mató a más de **1600 personas** y provocó un **tsunami** que acabó con la vida de más gente en los lejanos **Hawái, Japón** y **Filipinas.**

Les gusta estrujar

La **serpiente más grande del mundo,** la anaconda verde, puede crecer hasta los **7,5 m de largo.** No es tan larga **como la serpiente más larga del mundo,** la pitón reticulada, pero la anaconda verde es **más gruesa** y **pesa dos veces más** que la pitón, alcanzando los **227 kg.** Ambas **estrujan a sus presas hasta matarlas** antes de **comérselas enteras,** empezando por la cabeza. Pueden abrir la **mandíbula con mucha facilidad** y así son capaces de **tragarse animales mucho más grandes** que ellas; incluso **un ciervo con cuernos** y todo… ¡o una **PERSONA!**

¡NO TRAGO A LOS ENCANTADORES DE SERPIENTES!

¡Qué encanto!

En el **subcontinente indio** y el **norte de África** los encantadores de serpientes **tocan música para hipnotizarlas.** Por si acaso, **no lo intentes en casa.**

La más veloz

No puedes dejar atrás a una **mamba negra,** la **serpiente más rápida del mundo.** Puede culebrear a **20 km/h.** Es la **serpiente venenosa más larga** de África.

¡Matan!

Se cree que cada año **mueren 14 000 personas** en el **sur de Asia, 11 000** en la **India** y mucha gente en África por **picaduras** de serpientes venenosas como las **cobras** y las **víboras.** No son las más letales, pero es difícil conseguir **ayuda médica** con la rapidez necesaria.

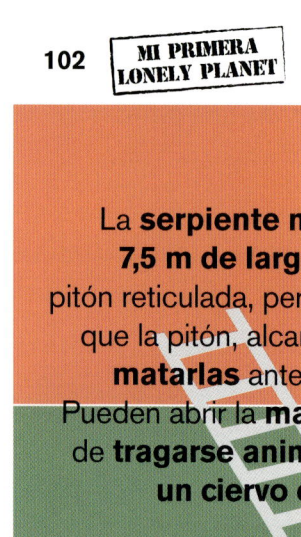

Las 10 serpientes más venenosas

Todas son australianas, la **capital del mundo de las serpientes mortales;** aunque en Australia solo mueren **tres o cuatro personas al año** por picaduras de serpiente.
1 Taipán del interior (tiene veneno para matar a 100 personas) **2 Serpiente marrón oriental**
3 Taipán de la costa 4 Serpiente tigre 5 Serpiente tigre negra 6 Serpiente marina de pico
7 Serpiente tigre negra (una subespecie) **8 Víbora de la muerte 9 Serpiente marrón del oeste**
10 Serpiente marrón moteada

LAS MÁS ESCURRIDIZAS

El mundo secreto de las ssserpientesss...

Nunca llueve en Arizona

O al menos casi nunca llueve en **Yuma, Arizona, EE UU.** Esta pequeña ciudad en **medio del desierto** es el **lugar más soleado del mundo.** De 4456 horas de luz anuales, el Sol brilla durante **4174 horas;** o el **94%** del tiempo.

Que llueva, que llueva...

Lloro, en **Colombia,** es el lugar **más húmedo de la Tierra.** Registra **13 300 mm** de lluvia anuales, aunque el **récord** lo obtuvo **Cherrapunji,** en la **India,** en 1860-1861 con casi el doble de esa cantidad, **26 470 mm.**

Olas de destrucción

El **tsunami** del día del **26 de diciembre del 2004** fue uno de los más **mortales** y **destructivos** de la historia. Un enorme terremoto con la potencia de **23 000 bombas nucleares** sacudió el **océano Índico,** creando una **enorme ola** que aplastó **12 países,** incluidos Indonesia, Sri Lanka, India, Tailandia y las Maldivas. Murieron más de **226 000 personas** y millones perdieron sus casas. Los tsunamis son más **comunes** en el **océano Pacífico,** en los **países del Cinturón de fuego del Pacífico,** donde abundan los volcanes y terremotos. En japonés 'tsunami' significa 'ola de puerto'.

Tormenta de peces

Casi **cada año**, en **mayo o junio**, una **tormenta** azota la ciudad de **Yoro**, en **Honduras**. Hay **rayos, truenos y aguaceros** durante **dos horas.** Cuando amaina la lluvia el suelo queda lleno de cientos de **peces vivos** que coletean, apurados. Nadie sabe de dónde vienen. La ciudad organiza el **Festival de la Lluvia de Peces** para celebrarlo.

AL MENOS NO SON BALLENAS...

CLIMA EXTREMO

Cuando la naturaleza desata su furia

El relámpago del Catacumbo

Dicen que **un rayo no cae dos veces en el mismo sitio,** pero en un lugar de **Venezuela** caen **miles de rayos en una noche.** Durante **10 horas cada noche,** unas **150 noches al año,** pueden llegar a caer **280 rayos en una hora** sobre el lago **Maracaibo.** A este fenómeno lo llaman **el relámpago del Catacumbo,** y se ve **a 400 km** de distancia.

Los rayos, en cifras

¡Claro que duelen! La **temperatura de un rayo** puede alcanzar los **30 000 °C,** cinco veces la temperatura de la superficie del Sol. Llegan al suelo **8 millones de veces al día;** unas 100 veces por segundo. Entre las nubes hay muchos más que no alcanzan el suelo.

Siete vidas

El guarda forestal **Roy Sullivan** fue **alcanzado por un rayo siete veces** entre **1942** y **1977,** y **sobrevivió** en **todos los casos.**

Cosas de los idiomas

En inglés, **Groenlandia** es **'Greenland'** ('tierra verde'), pero **de verde no tiene nada,** ¡es toda **blanca!**

> VOY A COMERME ESAS SALCHICHAS VERDES

La boa esmeralda

Quizá **la serpiente más verde** sea la **boa esmeralda.** Este escurridizo animal **vive** en los **bosques tropicales de Sudamérica** y se **camufla** muy bien entre el **verde follaje** a **esperar** que pase algún **animal pequeño** para **estrujarlo** hasta la muerte y **tragárselo** después.

LO MÁS VERDE

El planeta verde en todo su esplendor

Verde y feliz

Uno de los países **más 'verdes'** del **mundo** es **Bután,** en el **Himalaya,** con un **70%** de su territorio lleno de densos bosques. Además, es un país que protege mucho el **medioambiente:** las bolsas de plástico y los cigarrillos están prohibidos porque hacen infeliz a la gente. La **prosperidad** de Bután se mide por su **'Felicidad Interior Bruta'.**

Sangre verde

La **sepia** es el animal con la **sangre más verde.** También tiene **tres corazones** que la bombean por todo el cuerpo.

Verde esmeralda

La **gema verde más conocida** es la **esmeralda.** La **más grande** tiene el **tamaño de un melón,** se llama **Teodora** y se halló en **Brasil.** Está valorada en **1 millón de US$.**

¡Salchichas verdes!

Millones de irlandeses celebran el **17 de marzo, Día de San Patricio,** comiendo **comida verde,** bebiendo **bebidas verdes** y vistiendo **ropa verde.** Así celebran la llegada de san Patricio a **Irlanda.** El Día de San Patricio es **la fiesta nacional que se celebra en más países del mundo.**

> YO ES QUE ME LO TOMO TODO CON MUCHA CALMA...

Lento y... ¡verde!

El **perezoso** vive en las **selvas de Sudamérica** y se mueve muy **d-e-s-p-a-c-i-o,** tanto que les crecen algas en el pelo y se vuelven un poco verdes.

¡Vaya barba!

Una de las **barbas más largas del mundo** está expuesta en la **Smithsonian Institution, EE UU,** o al menos **5,3 m.** Perteneció a un **noruego** llamado **Hans Langseth,** que murió en **1927.** Al cortársela se le dejaron unos **30 cm de barba** en la cara. Hans solía enrollarla y esconderla bajo el abrigo. Era tan larga como la serpiente más larga del mundo, la **pitón reticulada** del **sureste asiático,** ¡pero al menos la barba **no estranguló** a nadie!

¿Los cuellos más largos?

Las **mujeres kayan** de **Tailandia** y **Myanmar** parecen tener los **cuellos más largos del mundo.** Esto se debe a que llevan **collares de latón alrededor de él.** Los collares no les alargan el cuello, sino que les presionan la **clavícula** hacia abajo. Algunas empiezan a llevar collares a los **5 años.**

¿ESTOY GUAPA ASÍ?

El más largo y el más delgado

El **animal más largo del mundo** es el **gusano cordón de bota,** que puede alcanzar los **55 m** de largo, **dos veces más largo** que la **ballena azul** y algo **más largo** que una **piscina olímpica.** Pero es **tan delgado** que podrías **doblarlo** y **meterlo en una caja** de **18 x 18 cm.** Vive en la **costa atlántica** noreste.

¡Vaya lengua!

El **murciélago anoura fistulata,** que vive en **bosques nubosos de Sudamérica,** es el animal con la **lengua más larga** en relación con el tamaño de su cuerpo (la lengua le mide un cuerpo y medio). Si fuera un gato, podría beber leche de un cuenco a **1 m de distancia.** El murciélago usa la lengua para lamer el **néctar de las flores.** Cuando no la usa, la guarda en el **tórax.**

LO MÁS LARGO

Largo, largo, larguísimo

¡Vaya diente!

El **narval macho** o **'el unicornio del mar'** es un tipo de **ballena** y tiene el **diente más largo y puntiagudo que se conoce,** con pinta de colmillo, que puede medir hasta **3 m** de **largo,** casi como un coche pequeño. Nadie sabe para qué sirve, pero no lo usa para pelear.

Dormir a medias

Cuando los **flamencos** van a **dormir** lo hacen cada vez de un lado; **levantan una pata** y **dejan que ese lado de su cuerpo se duerma.** Si quieren dormir del otro lado, cambian de pata. ¡Fácil! Algunos comen ciertas **algas** cuya composición química **les vuelve más rosas.**

Vista de águila

Un **águila** que vuela por los aires puede ver a un **conejo** a **1,6 km de distancia.** Tiene los **ojos muy grandes** y unas **retinas especiales** que le permiten ver muy bien por delante y por los lados. Es capaz de **lanzarse en picado** a por su presa a 200 km/h.

¡VAYA PÁJAROS!

El sorprendente reino de las aves

Padrazos

El **pingüino emperador** es **el pingüino más grande del mundo** y vive en el **entorno más duro del planeta.** Este **valiente** animal anda 120 km por la nieve y el hielo para llegar a su zona de cría. Cuando la **hembra** pone el huevo, el **macho** lo incuba **bajo su gran barriga** para mantenerlo calentito, y se pasa así **dos meses, temblando** bajo la **nleve** y el **vlento gélldo,** mientras la hembra va a por comida al **océano.** Cuando la **madre** vuelve, **vomita la comida** para el pollito, que ya ha salido del cascarón y está bajo la barriga del padre. A partir de ahí, padre y madre **se turnan** para cuidarlo.

El más grande y el más pequeño

El **avestruz africano,** que crece hasta los **2,7 m de altura,** es **el ave más grande del mundo** y la que pone **los huevos más grandes,** que pueden pesar hasta **1,4 kg** (como **24 huevos de gallina**). El **ave más pequeña del mundo** es el **colibrí zunzuncito,** de **Cuba.** ¡Hay quien lo toma por un insecto! Sus huevos son tan pequeñitos que en uno de avestruz cabrían **4700** de zunzuncito.

El bello quetzal

El **quetzal** es un bellísimo **pájaro de colores** que vive en **Sudamérica.** Tiene una **cola** tan **larga,** de hasta **1 m,** que le resulta difícil salir volando de un árbol, ya que a veces se les enreda en las ramas. Los **guatemaltecos** le quieren tanto que le han puesto su nombre a la **moneda nacional.**

El más presumido

Los **pavos reales** machos usan sus **preciosas** plumas para **impresionar** a las hembras. Con esas colas **tan grandes** no vuelan muy bien, pero **están muy guapos.**

¡CÓMO HAN CRECIDO LOS NIÑOS!

¡A comeeer!

El **pescado fresco** es **sano** y **muy rico**. Pero **si se pasa**, es **de lo más asqueroso**.

El **surströmming sueco** es una conserva de **arenque báltico** fermentado. A veces las latas se abomban por la presión de la fermentación y están **prohibidas en los aviones** porque pueden explotar. Suele comerse al **aire libre** porque huele **fatal**.

El **hákarl**, de **Islandia**, es **carne fermentada de tiburón** que ha estado **enterrada** bajo tierra **tres meses**. Después se deja secar **seis meses** antes de comerla.

El **narezushi** es una exquisitez japonesa hecha con **pescado en salazón** que se **fermenta** con **arroz** durante **cuatro años**.

¡RÁPIDO! ¡NO PUEDO AGUANTAR MÁS LA RESPIRACIÓN!

¡Huele a queso!

En **Francia** está **prohibido llevar quesos malolientes** en el **transporte público**. El peor es el **Époisses de Bourgogne**, supuestamente el **queso más apestoso del mundo**.

Rico, pero apesta

El **durián** es una **fruta tropical** con **'sabor celestial y olor infernal'**. Hay quien dice que **huele a cloaca o a vómito**. Y es que huele tan mal que está prohibido en el transporte público en casi todo el **sureste asiático**, donde crece. ¡Pero sabe **delicioso**!

El peor aliento

Todo el mundo intenta **evitar el mal aliento**, ¡pero **hay animales** que lo quieren **lo más pestilente posible!** El **dragón de Komodo**, de **Indonesia**, tiene **bacterias tóxicas** en la boca y le **huele fatal**. También se **guarda carne podrida en los dientes**, lo que hace que **huela aún peor**. Así le es más fácil **matar a sus presas** antes de comérselas.

¡QUIETO O TE ECHO EL ALIENTO!

LO MÁS APESTOSO

No todo en la Tierra huele bien

La flor que huele a muerto

A algunos **insectos** les **gusta** el **olor de carne podrida**, por eso van como locos con esta **flor gigante**, la **Titan Arum**, o **'flor cadáver'**. Y es que **huele a muerto**. Los insectos la visitan y ayudan a su **polinización**. Se trata de **la flor más grande del mundo**, que puede alcanzar los **3 m de altura**. No florece muy a menudo –quizá **una vez cada ciertos años–**, y cuando lo hace, la flor solo dura unos **tres días**. Crece en la **isla indonesia de Sumatra**.

SERÉ FEO, PERO ESTOY LLENO DE ALMAS...

Entierros en el cielo

Cuando los **budistas** de las altas montañas del **Tíbet mueren,** a menudo reciben un **'entierro celestial'.** La tierra es demasiado fina y rocosa para cavar tumbas, así que los parientes llevan el **cuerpo** del difunto a un lugar donde los **buitres** se lo **comerán,** liberando su **alma.** A veces incluso lo cortan en trocitos para facilitar el trabajo a los buitres.

POR TODO LO ALTO

Curiosidades de altura, humanas y naturales

Bienvenidos a las islas flotantes

En lo alto de los **Andes,** en la **frontera de Perú y Bolivia,** está el **lago Titicaca,** que era el lago sagrado de los **incas. Es uno de los más altos del mundo,** situado a **3811 m** por encima del nivel del mar, y es famoso por sus **islas flotantes de los Uros.** Fueron construidas por los lugareños con **juncos** que crecen en el lago para poder desplazarlas ante situaciones de peligro.

Una cascada entre las nubes

Si creías que las cataratas del Niágara eran grandes, el **Salto Ángel,** en **Venezuela,** es 19 veces más alto. Es la **cascada más alta del mundo.** Lleva el nombre del piloto americano **Jimmy Angel,** que la vio por primera vez en **1937** mientras buscaba oro. Es tan alta –casi 1 km– que **siempre** está **envuelta en nubes.**

Los 5 edificios más altos

1 **Burj Khalifa, Emiratos Árabes Unidos: 828 m**
2 **Torres Abraj Al-Bait, Arabia Saudí: 601 m**
3 **Taipei 101, Taiwán: 509 m**
4 **Centro Financiero Internacional de Shanghai, China: 492 m**
5 **Centro de Comercio Internacional, Hong Kong: 484 m**

800 m
700 m
600 m
500 m
400 m
300 m
200 m
100 m

1 2 3 4 5

Muy venenosa

La **rana dardo dorada venenosa** solo mide 5 cm de largo, pero tiene suficiente **veneno** para matar a **10 adultos.** Varias tribus de Sudamérica la usan para preparar sus **dardos de caza** envenenados.

SOY UN CHUPASANGRES

Asesinos pequeños y molestos

No tiene grandes dientes ni garras afiladas, pero el **mosquito** puede ser el insecto y el animal más mortal del mundo, porque **bebe nuestra sangre** y, a la vez, transmite enfermedades mortales como la **malaria** o la **fiebre amarilla.** Puede haber matado a 46 000 millones de personas, la mitad de la gente que ha existido hasta ahora.

Carretera mortal

La carretera **Camino a los Yungas,** en Bolivia, también es conocida como **el Camino de la Muerte** porque unas **300 personas mueren** en ella **cada año.** Es la **carretera más peligrosa del mundo.** Solo mide **3,2 m de ancho** y **no hay protección** entre la calzada y un **precipicio de 600 m** hacia el **valle** que hay **debajo.**

Habas para condenar brujas

Las personas acusadas de **brujería** en **Nigeria** debían **comer habas de calabar venenosas** para **probar su inocencia.** La mayoría sufrían **una muerte horrible.** Hoy ya no se hacen esas cosas, pero aún hay habas, ¡ni las huelas!

PELIGROSOS Y MORTALES

Cuidado, esto va muy en serio

NO ME MOLESTES O TE HAGO CACHITOS...

Golf explosivo

El **campo de golf** más **mortal** es el que hay en la frontera de Corea del Norte y Corea del Sur, en **Camp Bonifas,** un campamento militar de la ONU. El 'green' tiene **campos de minas** por tres lados. Una vez una pelota de golf hizo explotar una mina: **¡buuum!**

El pájaro destripador

El **casuario** no vuela, pero esta enorme ave da **patadas mortales.** Sus patas tienen **tres dedos;** el central es largo y afilado como un cuchillo, y con él puede rajar a una persona. Veloz y de aspecto temible, es capaz de **saltar** hasta **2 m** en el aire. Por suerte es bastante **tímido.** Vive en **Papúa Nueva Guinea** y en el **norte de Australia.**

Los que más pesan

Los **elefantes africanos** son los animales de tierra **más pesados,** alcanzan las **12 toneladas,** casi tanto como un autobús. Pero son como hormigas comparados con las **ballenas azules,** el animal más pesado del mundo, que alcanza las **190 toneladas;** ¡eso es como **tres casas!**

LO MÁS PESADO

Un ligero vistazo a lo que más pesa

Grandes y ágiles

Los **luchadores de sumo japoneses** son los **deportistas más pesados del mundo.** Siguen una **dieta** y un **plan de ejercicios especiales** para volverse **grandes** y **fuertes.** El objetivo del **combate,** que suele durar unos **pocos segundos,** es **empujar al contrincante** fuera del círculo o lograr que **toque el suelo** con el **cuerpo** (solo se puede tocar con las **plantas de los pies**). En Japón, los **luchadores de sumo** son grandes **héroes.**

ESE TAPARRABOS LE HACE EL CULO GRANDE...

¿Qué es lo más pesado del mundo?

¡Lo más pesado del mundo es el mundo! Pesa unas

5,940,000,000,000,000,000,000

toneladas.

El barco más grande

El 'Seawise Giant' es el **barco más pesado** que jamás ha existido. Cargado pesaba unas **657 019 toneladas,** como 550 000 coches pequeños. Era tan grande que no podía navegar por el canal de la Mancha. Con **458 m de eslora,** en vertical era más alto que las Torres Petronas de Kuala Lumpur, Malasia. Desguazado en el **2010,** se convirtió en un **montón de metal.**

Me pesa la cabeza

Las **cabezas más pesadas** son las de la Isla de Pascua, en el océano Pacífico. Estas cabezas de piedra **gigantes** pesan hasta **78 toneladas.** Muchas de ellas se esculpieron en un lado de la isla y se llevaron al otro rodando sobre troncos.

¿ESTE TAPARRABOS ME HACE EL CULO GRANDE?

2,45 m

5,4 m

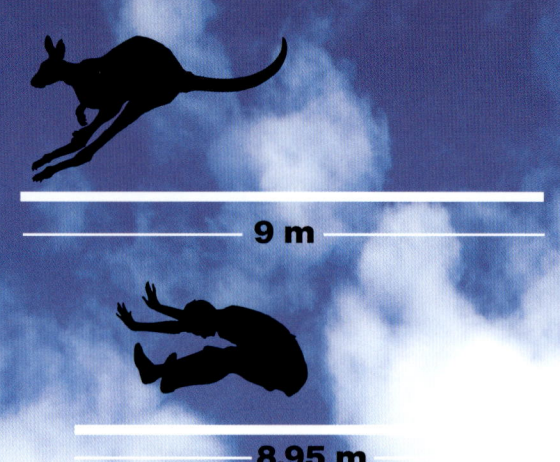

9 m

8,95 m

Récord de salto de altura animal vs. humano

El **récord humano del salto de altura** está en **2,45 m.**

GANADOR: El poderoso **puma americano** salta hasta **5,4 m** de altura, lo que significa que ¡saltaría por encima de la cabeza de una jirafa!

Récord de salto de longitud animal vs. humano

El **récord humano del salto de longitud** está en **8,95 m.**

GANADOR: El **canguro rojo** macho recorre **9 m** de un solo salto, que es como saltar una orca a lo largo. También salta 1,8 m de altura; podría saltar por encima de un hombre alto.

¡A SALTAR!

No hay nada como ir por el mundo saltando y brincando

¿Cuántas cabras caben en un árbol?

¡Un montón! Las cabras de **Marruecos** se vuelven **locas** por la fruta **del árbol de argán.** Como no alcanzan a comerla desde el suelo, **saltan al árbol** para atiborrarse.

Una gran saltadora

Si pudieras **saltar como las pulgas,** podrías saltar **por encima de un edificio de 169 m de altura,** como el Washington Memorial de EE UU. Una pulga salta **100 veces su propia altura.**

Transparencias

El **animal saltador más transparente del mundo** es la **rana de cristal,** que vive en los **bosques tropicales** de **Sudamérica.** ¡Se le ven el **corazón,** los **intestinos** y el **hígado**!

EL AÑO QUE HAY 'BABY BOOM' SE ME COMPLICA EL SALTO.

Saltabebés

Cada mes de **junio,** en **Castillo de Murcia,** Burgos, **docenas de hombres vestidos de diablos** saltan sobre **filas de bebés** que yacen sobre mantas. **El colacho** es una fiesta tradicional que se celebra **desde 1620.** Se supone que los **diablos saltadores** se llevan las **malas vibraciones** de los bebés al **saltarles por encima, purificándolos.**

Grandes saltadores

Probablemente los **guerreros masai** de **Kenia** bailan la **danza con los saltos más altos del mundo: la adumu.** La bailan al **convertirse en adultos.** Forman un círculo y, **por turnos,** se colocan en el centro y **saltan lo más alto que pueden** para demostrar **lo fuertes que son.**

¡Pues están ricas!

En los troncos y raíces de los árboles del centro de **Australia** hay unas **larvas** rechonchas de color blanco que los aborígenes **comen,** ya sean crudas o cocidas, y que algunos restaurantes sirven como **exquisiteces.** Cocinadas saben un poco como **pollo** en salsa de cacahuetes.

NO QUIERO QUE ME ASEN

¿Una rana-pollo?

Si los habitantes de **Dominica,** en el **Caribe,** no tuvieran pollos, se acostumbrarían a sustituirlos por el llamado **pollo de montaña,** una de las ranas más **grandes del mundo,** que puede llegar a pesar **1 kg.** Pero ser tan apetitosas ha puesto a la especie en peligro. **Hay muy pocas.**

¿Sopa de cobra?

Algunos restaurantes de **Vietnam** sirven **cobra.** Como entrante se puede probar el **corazón,** que **aún late,** y después pedir una **sopa de cobra, rollitos de cobra** o **cobra a la brasa.**

¿HUEVOS con PATAS?

El **balut** es una 'delicia con patas' y es una comida callejera muy típica en **Filipinas**. Se trata de un **huevo de pato o de pollo** que ha estado **bajo tierra** unas semanas, de modo que el embrión ha empezado a formarse. Luego se hierve y se come con **cuchara**.

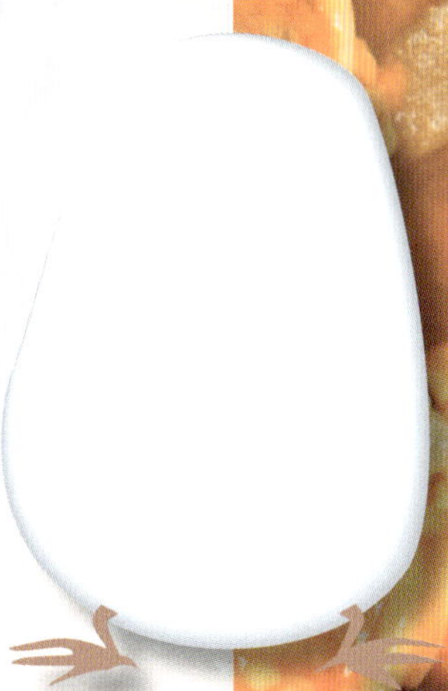

Hormigas crujientes

En la región **colombiana** de **Santander** las **hormigas gigantes** son un **aperitivo muy popular**. Se les cortan las **patas,** las **alas** y la **cabeza,** se **salan** y se **fríen.** Tienen un **sabor ahumado** y son **muy crujientes.**

¿TE LO COMERÍAS?

Cuando se tiene mucha hambre, hay pocas manías

> PREFERÍA LA VIDA DE MASCOTA, CON MI JAULA Y MI PIENSO...

La mascota, a la cazuela

Los **conejillos de indias** son **mascotas** muy **monas,** pero ¡hay quien **se los come con patatas!** Son un plato popular en **Perú** y **Bolivia** por ser **sabrosos, ricos en proteínas** y porque **se crían en poco espacio.**

El mayor arrecife del mundo

La **Gran Barrera de Coral** australiana, cerca de la costa de **Queensland,** es la **mayor estructura viva de la Tierra** y se ve desde la **Estación Espacial Internacional.** Mide más de **2600 km** de largo, mucho más que la distancia que hay entre **Londres y Moscú.**

La Gran Barrera de Coral
* está hecha de **2900 arrecifes individuales** y **900 islas**
* ocupa **35 millones de hectáreas;** tiene casi el **mismo tamaño que Japón**

Es el hogar de:

 30 especies de ballenas, delfines y marsopas

 1500 especies de peces

 350 especies de coral

6 especies de tortugas marinas

Los simpáticos dugones

En la **Gran Barrera de Coral** vive una de las mayores colonias de **dugones** del mundo. Más parecidos a un **elefante** que a un **delfín,** estos pacíficos animales también son conocidos como **'vacas de mar'** o **'camellos de mar'.**

¿UNA VACA?
¿UN CAMELLO?
¿UN ELEFANTE?
¿QUÉ SOY?

Poco a poco

A pesar de su tamaño, los **arrecifes de coral crecen muy, muy despacio;** unos **3 cm al año.** ¡Hay arrecifes de coral que tienen **más de 50 millones de años!**

¿Animal, mineral o vegetal?

Los arrecifes de coral están hechos de **animales muy pequeños** llamados **pólipos.** Los **colores** del coral se deben a los **miles de millones de algas** que viven en los pólipos. Las algas también **unen los pólipos,** formando así **grandes arrecifes.**

La belleza manda

En las **islas Salomón** hay **navíos y tanques hundidos** de la **II Guerra Mundial** que, poco a poco, se están convirtiendo en **arrecifes de coral**. Es posible **bucear** y ver como la **vieja chatarra** se llena de coral y se convierte en el **nuevo hogar** de **miles de peces**.

¡TENGO MÁS CEREBRO QUE EINSTEIN!

Un cerebro pasado por agua

Es **el 'cerebro' más grande del mundo**, pero **no es muy listo**. En **Kelleston Drain**, cerca de la costa de Tobago, en el **Caribe**, hay un cerebro de coral que mide **3 por 5 m**, aunque **no piensa nada de nada**. Lo llaman **cerebro de coral** por la **forma** que tiene.

BOSQUES SUBMARINOS

En los arrecifes de coral viven más especies de plantas y animales que en cualquier otra parte de la Tierra, salvo en las selvas tropicales. El territorio que ocupan es como la mitad de Francia, y albergan un cuarto de la vida marina.

¿QUÉ DICE UN NOMBRE?

Detrás de cada nombre hay una historia

La feliz ciudad celestial

Tú la conoces como **Bangkok,** la **capital** de **Tailandia,** pero si quieres decir en voz alta su nombre real, mejor que tomes aliento:

KRUNG THEP MAHANAKHON AMON RATTANAKOSIN MAHINTHARAYUTHAYA MAHADILOK PHOP NOPPHARAT RATCHATHANI BURIROM UDOMRATCHANIWET MAHASATHAN AMON PIMAN AWATAN SATHIT SAKKATHATTIYA WITSANUKAM PRASIT.

Es el **topónimo más largo del mundo,** y significa: **'La ciudad de los ángeles, la gran ciudad, residencia del Buda Esmeralda,** la **ciudad impenetrable** (de Ayuthaya) del dios Indra, la **gran capital del mundo** dotada de **nueve preciosas gemas,** la **ciudad feliz,** con un **enorme palacio real** que **parece la morada celestial** donde reina un **dios reencarnado,** una **ciudad regalada por Indra** y **construida por Vishnukarn'.** Los tailandeses la llaman 'Krung Thep'.

¿Me lo repites, por favor?

En el estado de Massachusetts se halla el

LAGO CHARGOGGAGOGGMANCHAUGGAGOGGCHAUBUNAGUNGAMAUGG.

En **lengua nativa local,** significa algo como **'Ingleses en el territorio de los Manchaug, en la zona de pesca de la frontera'.**

Trabalenguas

El **topónimo de una sola palabra más largo** es el de una colina en **Nueva Zelanda:**

ATAWHAKATANGIHANGAKOAUAUOTAMATEAHAUMAITAWHITIUREHAEA- TURIPUKAKAPIKIMAUNGAHORONUKUPOKAIWHENUAKITANATAHU.

Significa **'La cima** donde **Tamatea, el hombre de las grandes rodillas,** el **escalador de montañas,** el **viajero devorador de terreno,** tocó la **flauta de nariz** a su **amada'.** ¿Cómo te quedas?

Leones y princesas

Si eres una chica sij en la región del Punjab, en la India y Pakistán, tu segundo nombre o tu apellido será 'Kaur', que significa 'princesa'. Y si eres un chico, será 'Singh', que significa 'león'.

Los nombres más cortos de un lugar son A, en Noruega, e Y, en Francia.

Un nombre para el alma

Los inuits de Groenlandia, Alaska y Canadá ponen un nombre al alma de sus bebés, un 'atiq'. El atiq es el nombre de un pariente querido que ha muerto. Creen que así el espíritu de aquella persona sigue viviendo en el bebé.

BOING BOING
Australia

MONKEY'S EYEBROW
('ceja de mono'), EE UU

MIDDELFART
('pedo'), Dinamarca

MONSTER
Países Bajos

LOWER PIDDLE ON THE MARSH
('pis bajo en el pantano'), Reino Unido

NOWHERE ELSE
('ninguna parte'), Australia

SCRATCHY BOTTOM
('culo rasposo'), Reino Unido

ELEPHANT BUTTE
('culo de elefante'), EE UU

ACCIDENT
('accidente'), EE UU

SMELLEY
('apestoso'), EE UU

NOTHING
('nada'), EE UU

BURRUMBUTTOCK
(burrum-culo), Australia

MUCKLE FLUGGA
('isla grande'), Reino Unido

Obstáculos de color marrón

Cuando se juega al **polo** con **elefantes,** las grandes **cacas** en el campo de juego son un gran problema. A veces la pelota se atasca en ellas y alguien tiene que recuperarla. Este deporte empezó a jugarse en la **India** hace 100 años, cuando los británicos sustituyeron los caballos por paquidermos. Hay **tres elefantes** por equipo, y cada animal carga con **dos jugadores;** uno lo dirige y el otro le da a la pelota. Existen tres grandes **campeonatos** internacionales anuales en **Nepal, Sri Lanka** y **Tailandia.**

¡DE LA QUE NOS HEMOS LIBRADO LOS PATOS!

Combates de camellos

Se reparten **muchas tortas** durante el **campeonato anual de lucha de camellos** en **Selcuk, Turquía.** Dos camellos machos **luchan** por pasar un ratito con una **camello hembra.** Aunque el **combate** suele estar **controlado,** a veces los camellos **se van hacia el público** y **hacen correr a los espectadores.**

No apto para patos

El **deporte nacional** de **Argentina,** el **pato,** es una mezcla de **polo** y **baloncesto** en el que los jugadores van **a caballo.** Antaño usaban un **pato** como pelota y los jinetes quedaban **atrapados** bajo los cascos de los caballos o **morían a navajazos** si los **ánimos se exaltaban.**

¡Vamos, perritos!

La **carrera de trineos de perros más larga del mundo** se celebra en **Alaska.** Es la Iditarod, en la cual los perros deben recorrer **1688 km tirando de un trineo** entre **ventiscas y temperaturas gélidas. Suele durar** entre **9 y 15 días.**

ANIMALES DEPORTISTAS

Grandes y pequeños, todos están en forma

Lentos pero seguros

El deporte más lento del mundo son las **carreras de caracoles.** Nuestros viscosos amigos salen del centro de un **círculo** de **33 cm** y 'corren' hacia el borde. El **récord** está en **2 min 20 seg.**

Carreras de avestruces

Los **avestruces** son las **aves más grandes** del mundo, ¿pero sabías que hay gente que los cabalga? Las **carreras de avestruces** son muy típicas en África, sobre todo en **Oudtshoorn,** en **Sudáfrica,** donde los montan jinetes profesionales, que van sujetos a las plumas y al cuello del ave mientras dan vueltas a un circuito ovalado.

NO ESCONDAS LA CABEZA EN EL SUELO, ¿VALE?

TOP 6 de las religiones

1 Cristianismo 2200 millones de personas son cristianas
2 Islam 1600 millones de personas son musulmanas
3 Hinduismo 1000 millones de personas son hindúes
4 Budismo 400 millones de personas son budistas
5 Sijismo 25 millones de personas son sijs
6 Judaísmo 18 millones de personas son judías

LO MÁS SAGRADO

Lugares sagrados de las grandes religiones del mundo

Un árbol sagrado

Para los **budistas** el **árbol de Bodhi** es **sagrado**. Crece en un **templo** en la localidad india de **Bodh Gaya** y también es conocido como '**el árbol del despertar**'. Se cree que nació de la **higuera** bajo la cual **Buda se iluminó.** Muchos **peregrinos budistas** viajan allí para **meditar.**

Todos los caminos van a Roma

La **Basílica de San Pedro,** en el **Vaticano** atrae cada año a **millones de peregrinos católicos.** Es la **iglesia cristiana más grande del mundo,** con capacidad para **60 000 personas entre sus muros,** y ocupa **2,3 Ha.** La cúpula es **una de las más grandes del mundo.**

El río divino

Un **90%** de los **indios** son **hindúes.** Su ciudad sagrada es **Benarés,** al norte de la India, junto al gran río sagrado, **el Ganges,** que para ellos es una diosa llamada Madre Ganga. Cada año millones de hindúes van a la orilla del Ganges a **rezar** y **bañarse** en sus aguas sagradas. Beben de su agua y esparcen las **cenizas** de sus difuntos en el río.

Un monte y un muro

Los sitios sagrados de los **judíos** son el **Monte del Templo** y el **Muro de las lamentaciones**, en Jerusalén. Los judíos oran en **sinagogas** y sus jefes espirituales son los **rabinos**. Musulmanes, judíos y cristianos peregrinan a **Tierra Santa**, una región que comprende **Jordania, Israel, Palestina** y **Egipto**.

La ciudad de La Meca

El **lugar sagrado** de los musulmanes es la ciudad de **La Meca**, en **Arabia Saudí**. A diario, **cinco veces** al día, los musulmanes rezan mirando a La Meca. Todos deben **peregrinar (haj)** a la Gran Mezquita de La Meca al menos una vez en la vida. Cada año 3 millones de personas hacen el haj. Dan siete vueltas edificio sagrado, la **Kaaba**. Oran en templos llamados **mezquitas** y su libro sagrado es el **Corán**.

El templo dorado

El lugar sagrado de los **sijs** es el **Templo Dorado de Amritsar**, en la **India**, construido sobre el agua. Los sijs oran en templos llamados **gurdwaras**. Cada uno tiene una cocina comunitaria que da comida gratis a todo el mundo. En los gurdwaras no hay sillas, uno se sienta en el suelo, así se ve que todos son iguales. El **texto sagrado** de los sijs es el **Adi Granth**.

¡OH, NO! ¡SE ME HA CAÍDO EL CUBO!

¡A limpiar ventanas!

Se necesita un equipo de **36 personas durante 3 meses** para limpiar las **24 000 ventanas** de los **160 pisos** del edificio **Burj Khalifa** en Dubai. Es **el edificio más alto del mundo,** con **828 m, casi el doble** de alto que el **Empire State.** Hace tanto calor en Dubai que los limpiaventanas **solo pueden trabajar** cuando hay **sombra.**

170m
160m
150m
140m
130m
120m
110m
100m
90m
80m
70m
60m
50m
40m
30m
20m
10m

Muy alto

Los **bosques de secuoyas rojas de California** son famosos por sus grandes árboles, pero uno destaca por encima de los demás: **Hyperion.** Es un gigante de **800 años** y el árbol **más alto** del mundo, con **116 m.** Es 21 m más alto que la Estatua de la Libertad.

¡Vaya dedos!

La estatua más alta del mundo es tan grande que sus **dedos gordos del pie** son **más altos que una persona.** El **Buda del Templo de Primavera,** en **Henan, China,** mide **128 m.** Está cubierto por **1100 grandes piezas de cobre.**

Altísima

Antaño **Ulm Münster,** en Alemania, **era el edificio más alto del mundo.** Ahora tiene que conformarse con ser **la iglesia más alta del mundo,** con **162 m.** Hasta lo más alto de la aguja hay **768 escalones,** pero **la vista merece la pena.** Durante la **II Guerra Mundial** la ciudad fue **arrasada por las bombas,** pero la iglesia se salvó.

Gira, gira

La **noria más alta** del mundo tarda **32 min** en dar una **vuelta entera.** Es la **Singapore Flyer** y mide **165 m** de altura. Es una noria mirador que gira lentamente **junto al río Singapur.**

LOS ESPÍRITUS ME DICEN QUE BAILO MUY BIEN...

Bailar con zancos

Los hombres jóvenes de la **tribu dan** del oeste de Costa de Marfil quizá sean los **bailarines más altos** del mundo. Practican en secreto durante 3 o 5 años para aprender a girar sobre **zancos de 3 m de alto,** ataviados con una **máscara** de espíritu sagrado. A estos bailarines les llaman **'espíritus largos',** ya que pueden hablar con los espíritus.

Cuéntame un cuento

Las **tribus nativas norteamericanas** que vivían junto al Pacífico usaban **grandes tótems** para contar sus historias, mitos y leyendas. Hoy día aún se esculpen tótems.

LO MÁS ALTO

Historias de altura

La fuente más alta

La **fuente del Rey Fahd,** la fuente más alta **del mundo,** en **Jeddah, Arabia Saudí,** arroja agua del **mar Rojo** a **312 m** de altura; casi tan alto como la **Torre Eiffel** de París. El agua puede alcanzar los **375 km/h; más veloz que un coche de F1.**

¡Madre mía, es enorme!

La araña más grande del mundo es la **tarántula Goliat,** que tiene a la **fauna de Sudamerica aterrorizada.** Uno de los primeros exploradores europeos la vio **zampándose un colibrí,** y la llamó **tarántula pajarera,** que es otro de sus nombres. La **envergadura de sus patas** alcanza los **28 cm.** Pero es **un poco cegatona,** ¡menos mal!

NO ME MIRES ASÍ, NO TE VOY A DAR NI UNA PATA.

Masticando arañas

Si tuvieras mucha, mucha **hambre,** ¿serías capaz de comerte una **araña negra, grandota y peluda?** Los **camboyanos** lo hacían hace mucho tiempo. Las freían, con colmillos y todo, hasta que se ponían doraditas y crujientes. Hoy la gente visita la ciudad de **Skuon** para probarlas.

Muy resistente

Por su peso, **el hilo de araña es cinco veces más fuerte que el acero.** ¡Si **supiéramos tejer un hilo igual de resistente,** podríamos hacer **chalecos antibombas!**

La araña y la burbuja

La **araña de agua** puede **pasarse el día bajo el agua** creando una **burbuja de aire** dentro de un **saquito de seda.** La burbuja le sirve para **conseguir oxígeno** del agua, **como las branquias de los peces,** pero la araña necesita **subir a la superficie** cada día para **respirar aire fresco.** Come **peces** en lugar de **moscas.**

¡Venid con mamá!

La **araña más maternal** del mundo debe de ser la **araña lobo.** La hembra lleva los huevos a cuestas hasta que las arañitas nacen. Luego las pequeñas se montan a **lomos** de la madre y se pasan así un **par de semanas.**

¡UNA MOSCA BIRRIOSA Y TANTAS BOCAS POR ALIMENTAR!

¡ARAÑAS!

Curiosidades de las primas de Spider-Man

¡Qué araña tan maja!

La **araña cara feliz,** de **Hawái,** parece la araña **más simpática** del mundo, pero en realidad sus manchas son un sistema de **camuflaje** para que los pájaros no se la coman.

Muy venenosa

La araña más venenosa del **mundo** es la **araña errante brasileña** o araña del banano. Con su **veneno** puede **matar 180 ratones.**

¡COMO SE ME CAIGAN LAS LLAVES LA LÍO BUENA!

¡Agárrate bien!

El **puente colgante Hussaini,** en **Pakistán,** es uno de los puentes de cuerda que más miedo dan del mundo, porque es muy **viejo,** muy **estrecho,** está muy **estropeado,** le faltan tablas y vientos fuertes lo azotan a menudo. Lo utiliza mucha gente, pero quién sabe si todos llegan al otro lado…

Preparados, listos, ¡ya!

El **Descenso de Hahnenkamm,** en **Austria,** es la **prueba de esquí alpino más temida** del planeta. Los mejores esquiadores del mundo tardan **2 min** en bajar los **3,3 km** de una difícil pista con mucha pendiente a velocidades de **140 km/h.**

¡Escalofriante!

Los museos suelen ser lugares muy interesantes, pero hay algunos que dan **miedo,** como el **Museo de la Tortura,** en **Amsterdam,** Países Bajos. Cuenta con espeluznantes objetos que se usaban para castigar a la gente hace muchos años, por ejemplo: la **guillotina;** el **potro,** que estiraba a la víctima de manos y pies hasta romperle los huesos; **sillas de interrogatorio** cubiertas de pinchos y un '**rompecráneos**'. También hay museos de la tortura en Alemania, Italia, la República Checa y España.

¡PELOS DE PUNTA!

¡No apto para gente sensible!

¡A la montaña rusa!

Montar en la **montaña rusa más rápida del mundo,** el **Formula Rossa,** es como lanzarse de un avión a reacción. Va de **0 a 240 km/h** en menos de 5 s, la misma aceleración que un caza. Está en **Ferrari World,** en **Abu Dabi,** en los **Emiratos Árabes Unidos.** Y si te parece poco, prueba a montarte en la **montaña rusa Kingda Ka,** en **Nueva Jersey, EE UU.** No es un trayecto muy largo, pero da mucho miedo. Es la montaña rusa más alta del mundo. Desde lo más alto, la vía cae **127 m** hacia abajo, el doble de alto que la Torre inclinada de Pisa. Las vagonetas alcanzan los **206 km/h.**

Un 'rally' muy duro

El Dakar es un **peligroso 'rally'** de resistencia y larga distancia. **Camiones, coches, quads** y **motocicletas** cruzan el desierto durante **días.** Desde su inicio en 1979, al menos **49 personas han perdido la vida** en esta carrera. Salía de **París,** Francia, y terminaba en **Dakar,** Senegal, en la costa oeste de África; pero en el 2009 se trasladó a **Sudamérica** a causa de los **conflictos armados** que había en África.

Petra

La ciudad esculpida

Si has visto **'Indiana Jones y la última cruzada',** has visto la antigua ciudad de **Petra.** Está en el borde del **desierto árabe,** en **Jordania.** Una gran parte de la ciudad, incluidas **800 tumbas muy elaboradas,** se esculpió en la **roca rosada hace 2000 años.**

Envuelta en misterio

En las montañas más altas de Perú se hallan las ruinas de **Machu Picchu,** 'la ciudad perdida de los incas'. Nadie, salvo los incas, conoció su existencia hasta **1911.** Fue construida en **piedra,** a partir de grandes rocas de las montañas traídas desde lejos, hacia el año **1450 d.C.,** pero quedó abandonada 100 años después, sin que nadie sepa por qué. Los edificios están tan bien construidos que es imposible deslizar un cuchillo entre las juntas de las piedras.

La Gran Muralla de China

Machu Picchu

La Gran Muralla

La **Gran Muralla China** es la construcción humana más larga del mundo. Recorre **8850 km,** aunque no está entera. Hay partes con **más de 2000** años de antigüedad, pero las más famosas se construyeron entre 1368 y 1644. Otras partes han sido reconstruidas repetidas veces. Mientras se erigía era conocida como **'el mayor cementerio de la Tierra',** porque muchos obreros morían en el empeño.

7 MARAVILLAS MODERNAS

Las nuevas 7 maravillas del mundo son impresionantes

Cristo Redentor

Un Cristo gigante

Una **impresionante estatua**, el **Cristo redentor**, preside la cima de una montaña y **Río de Janeiro**, en **Brasil**. Es tan alta como **un edificio de 10 pisos**, y sus brazos son **tan anchos como dos autobuses**. En la cabeza hay **pequeños pinchos** para que los **pájaros** no se posen en ella y **la estropeen**.

Chichén Itzá

Un espectáculo colosal

Un día en el **Coliseo** de **Roma** tenía que ser todo un **espectáculo hace 2000 años**. Los romanos **iban** al estadio como quien hoy va a ver **un partido de fútbol**. Por la mañana veían **animales salvajes** como **leones, leopardos, tigres** y **osos** que eran **cazados** en un **escenario con decorados**. Tras el almuerzo veían **ejecuciones de prisioneros**, y al atardecer contemplaban las **sangrientas peleas de los gladiadores**. La **arena** a veces **se teñía de rojo** para disimular **tanta sangre vertida**.

La maravilla maya

La ciudad de piedra de **Chichén Itzá**, en **México**, fue el **centro de la civilización maya** hasta el año **1200 d.C.** Aún se ven sus **grandes pirámides** y **templos**, el **observatorio astronómico**, relieves de **serpientes emplumadas sagradas, jaguares** y **guerreros**, un **gran pozo** al que se **arrojaba** a **gente** para **contentar a los dioses y zonas** donde se celebraban **deportes brutales**. El **edificio más famoso** es el **Templo de Kukulkan**, con **365 escalones**, uno por día del año. En los **equinoccios** de **primavera** y **otoño**, cuando el **sol toca los escalones**, forma **una sombra de serpiente**.

El Coliseo

Un monumento al amor

Había una vez **un hombre**, el **emperador indio Shah Jahan**, que **quería mucho** a **su mujer**. Cuando **ella murió**, en **1631**, él le **construyó uno de los edificios más bellos del mundo**, el **Taj Mahal**. Tardó **22 años** en construirse y se necesitaron 22 000 obreros. Según la **leyenda**, Shah Jahan ordenó **cortar las manos** a los arquitectos para que **nunca crearan otro edificio igual**.

El Taj Mahal

La choza de Drácula

¿Conoces a **Drácula,** verdad? Pues el vampiro no es nada comparado con el **tipo real** que inspiró el personaje. Era muy **cruel** y se llamaba **Vlad el empalador,** o **Vlad Drácula. Mató a miles de personas** en el s. xv empalándolos. Pasó por el **Castillo de Bran,** en **Transilvania, Rumanía,** que hoy puede **visitarse** y se conoce como **el Castillo de Drácula.**

¿TIENES MIEDO?

Historias escalofriantes de todo el mundo

Cuevas-tumba

¡Ten cuidado si visitas alguna **cueva** en **Mali, África,** ¡puede estar llena de huesos humanos! Los **dogones** llevan siglos enterrando a sus muertos en ellas.

SOY UN ESPÍRITU MUY HOGAREÑO.

Casitas de espíritus

En algunos pueblos del **sureste asiático,** como Tailandia y Borneo, los habitantes construyen **casas de espíritus,** de modo que los espíritus del lugar tengan **un sitio donde vivir.** Si no los cuidan, puede que se molesten.

Huesos y más huesos

París será la ciudad del amor, pero también es la **ciudad de los muertos.** Bajo sus calles, en viejos túneles de minas, se hallan las espeluznantes **catacumbas,** donde se conservan los **huesos** de **6 millones** de personas, muchos de ellos colocados de formas curiosas.

Ataudes colgantes

Cuando **alguien muere** en Sagada, **Filipinas,** su cuerpo se coloca en un **ataúd** que **se cuelga en un acantilado.** Se cree que así el difunto estará **más cerca del cielo.**

ESPERO MI TURNO PARA SUBIR AL CIELO.

Oír para ver

Algunos animales, como los murciélagos, **usan sonidos para 'ver'** adonde van. **Hacen un ruido,** como un **clic,** y **escuchan** el **eco que produce.** Así, su **cerebro 'dibuja' un plano** a partir de los sonidos, como lo hace **el nuestro** con lo que **vemos por los ojos.** A esto se le llama **ecolocalización.** Algunos **invidentes** han probado la ecolocalización para 'ver', y pueden **montar en bici** e **ir de excursión.**

Saben escuchar...

Los búhos tienen un **oído sorprendente.** Pueden **escuchar a un ratón caminando** a 23 m de distancia. Los delfines usan **los oídos** para escuchar, pero **también la mandíbula;** el sonido hace que les **vibre,** y la vibración les llega al **oído interno.** Los científicos dicen que los elefantes pueden **percibir el sonido** a través de **la trompa y las patas,** además de por sus **grandes orejas.**

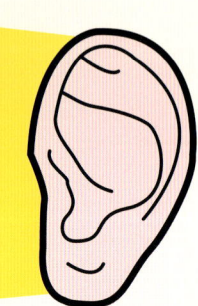

Donde ponen el ojo...

¡Imagina poder **ver a un conejo** entre la hierba desde **1,6 km** de distancia! **Las águilas** y otras **aves de presa** pueden verlo a esta distancia mientras **vuelan por los aires;** y luego se **lanzan** a por él a **200 km/h sin perderlo de vista.**

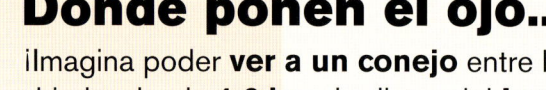

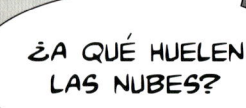

¿A QUÉ HUELEN LAS NUBES?

Grandes olfateadores

Los **osos** son el animal con **el mejor sentido del olfato.** Lo usan para **encontrar comida, pareja** y para alejarse del peligro. Cuando un oso polar está **cazando,** puede **olfatear una foca** bajo **1 m** de **hielo** desde más de **1 km de distancia.**

Esto sí es magnetismo animal

Las **tortugas marinas** son **grandes navegadoras** de los océanos. **Salen de los huevos** que sus madres **enterraron en la arena de la playa** y viajan **4800 km** por los **océanos** en busca de alimento y amigos. ¡Y cuando están listas para **poner huevos, regresan** a la **misma playa** en la que **nacieron**! Los científicos creen que las tortugas tienen **cristales magnéticos** en sus cerebros y que aprovechan el **magnetismo de la Tierra** y una especie de **plano interno** para orientarse.

¿EL SEXTO?

¡TIENE MUCHO SENTIDO!

Supersentidos del mundo animal

Un toque de buen gusto

El **pez gato** no necesita **probar la comida** para saber si está rica o no. Los **'bigotes'** que tiene alrededor de la boca **'prueban'** todo lo que tocan. Además es un pez con **una piel muy sensible,** y **'detecta'** si hay productos químicos en el agua.

A VER A QUÉ SABEN ESTAS LETRAS...

GUSTO

Este topo es una estrella

Parece extraño, pero el **topo de nariz estrellada** usa los **22** 'deditos' de su hocico para **orientarse en la oscuridad** de su húmedo hogar. Es casi ciego, así que 've' con la nariz. Además, la nariz también le sirve para saber si algo que toca es rico, incluso bajo el agua. Es capaz de **encontrar** y **comer comida** más rápido que cualquier otro animal.

TACTO

Los 5 países que más usan el móvil
5600 millones en todo el mundo

1º China
1 010 000 000

2º India
903 727 208

3º EE UU
327 577 529

4º Indonesia
250 100 000

5º Brasil
245 200 000

Los 5 países con más usuarios
1 268 millones en todo el mundo

1º China
269 910 000

2º EE UU
141 000 000

3º Alemania
48 700 000

4º Japón
47 579 000

5º Rusia
44 200 000

PLANETA BLABLABLÁ

¡Las noticias vuelan!

Los 5 países que más usan internet:

1º China	485 millones	(23% del mundo)
2º EE UU	245 millones	(12% del mundo)
3º India	100 millones	(4,7% del mundo)
4º Japón	99 millones	(4,7% del mundo)
5º Brasil	76 millones	(3,6% del mundo)

Los 10 países más aficionados a Facebook

1º EE UU		155 920 760
2º India		45 048 100
3º Indonesia		43 515 080
4º Brasil		42 206 120
5º México		33 597 260
6º Turquía		31 526 840
7º Reino Unido		30 485 180
8º Filipinas		27 724 040
9º Francia		24 104 320
10º Alemania		23 251 200

¿Hola, estoy en casa?

Si vives en los **Emiratos Árabes Unidos,** puedes llamarte a ti mismo. En el país 'solo' hay **11 540 000 teléfonos móviles,** con lo que cada habitante puede tener dos móviles.

De: Lonely Planet
Para: Ti
Asunto: ¿Cuánta gente usa el e-mail cada día?

En el mundo se envían **2,8 millones de e-mails** por segundo; o unos 90 billones cada año. El problema es que el **90%** es **correo basura.** El primer correo basura se envió en **1978** y anunciaba un **nuevo programa informático** a los científicos.

Querido lector,

Hola, ¿cómo estás? Te escribimos esta carta para contarte que es una de los 400 mil millones de cartas que se mandan cada año en el mundo. Si las colocaras todas en fila, cubrirían el trayecto de la Tierra a la Luna ¡100 veces! También podrías construir con ellas una muralla de 4 m de altura alrededor del mundo.

¿Sabías que hay más gente trabajando en las oficinas de correos del mundo que habitantes en El Salvador? Son unos 6,2 millones de personas.

El servicio postal de EE UU es el más grande del mundo. Reparte 6400 cartas y paquetes por segundo, o 168 mil millones cada año.

Cordialmente,

Lonely Planet

¿Dedos cansados?

PQLS, los **filipinos** son los q mandan + **mnsjs de txt** del mundo. Envían **700 millones de mnsjs** cada día ; + d **8000 x seg. a2!**

¡Nos vamos todos!

La **mayor migración animal** del planeta ocurre durante el mes de marzo en las llanuras del **Serengueti,** en **África,** cuando más de 2 millones de **ñús** y **cebras** abandonan Tanzania por el verdor del Masai Mara, en la vecina Kenia. Unos **250 000** animales **morirán** por el camino; algunos en las fauces de **cocodrilos hambrientos** que les esperan al cruzar el río Mara.

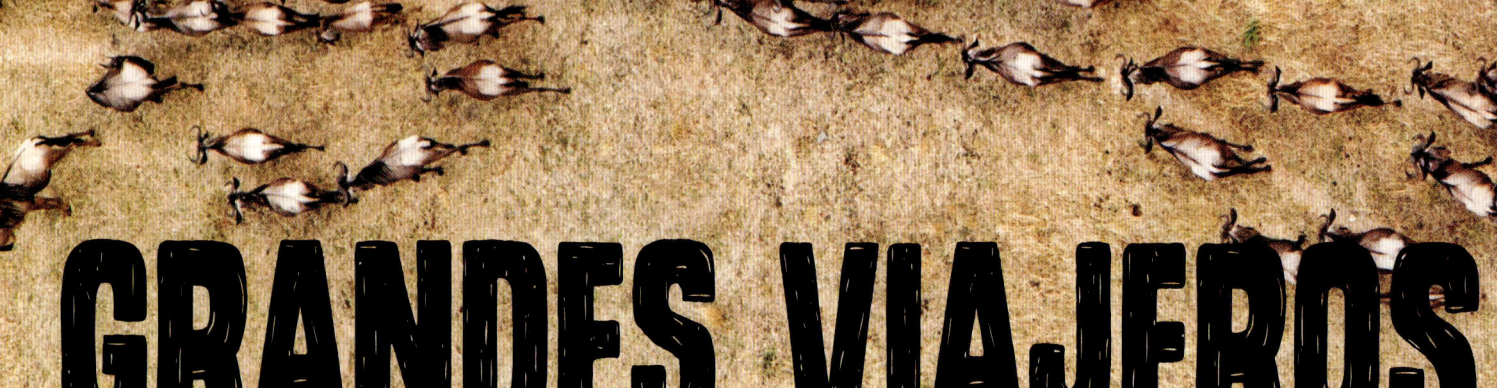

GRANDES VIAJEROS

Pezuñas, aletas, patas y plumas en movimiento

¡VAMOS, NIÑOS, NO OS REZAGUÉIS!

La gran marea roja

En la **isla de Navidad,** en el **océano Índico,** viven **1400 personas** y **50 millones de cangrejos rojos.** Normalmente no se les ve, pero una vez al año salen de sus madrigueras en dirección al mar para poner **huevos,** unos **100 000** de golpe. Esta gran migración convierte la isla en una **gran mancha roja móvil.** Después, los cangrejos y sus bebés regresan a las **madrigueras.**

MAMI, TENGO HAMBRE YA... ¿FALTA MUCHO?

70 000 KM

El largo camino de vuelta a casa

¿Sabrías encontrar el **camino de vuelta a tu casa** tras **cinco años** viajando por medio mundo? ¡El **salmón del Pacífico,** sí! Abandona el río donde nace para vivir unos cuatro o cinco años en el océano Pacífico y después **regresa al mismo** río para poner los huevos. No solo eso, regresa al punto exacto donde nació.

3 000 KM

¿Un viajecito?

El **charrán ártico** es **el ave más viajera del mundo.** Cada año, este **pequeño pájaro** vuela de **Groenlandia** e **Islandia,** cerca del **Polo Norte,** para ir a comer al otro lado del mundo, en la **Antártida.** Vuela unos **70 000 km** cada año, ¡es casi como dar la **vuelta al mundo dos veces!**

6 000 000 KM

Planear hasta la Luna

Un **albatros** puede volar más de **16 000 km** para **llevar comida** a su polluelo, y sin cansarse demasiado. Su **gran envergadura,** de hasta **3,5 m,** le permite **planear durante horas sin mover las alas.** Cuando llega a los **50 años de edad,** un albatros **ha volado al menos 6 millones de km.** Teniendo en cuenta que la distancia **de la Tierra a la Luna** es de **384 403 km,** un albatros **podría haber volado a la Luna y vuelto ocho veces,** ¡y casi sin mover las alas!

6 000 KM

Caribú, ¿adónde vas tú?

Cada año, **grandes manadas de renos caribú** cruzan las zonas árticas de **Canadá** en busca de **comida** y para **huir de los lobos.** Algunos viajan **6000 km** al año, **más que cualquier otro mamífero de la Tierra.**

Batido de rana

Las **ranas gigantes del Titicaca,** en **Perú,** son **únicas** y **están en peligro.** Los **curiosos pliegues** de su **piel** le permiten absorber **oxígeno** del agua y **respirar** bajo ella; pero ese no es su problema. Los lugareños creen que son buenas **para la salud,** y las **cazan** para hacer **batidos** y **bebérselos.**

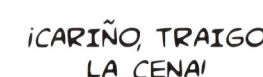

¡CARIÑO, TRAIGO LA CENA!

Vivir en estiércol

Imagina lo que sería **pasarte la vida entre excrementos.** ¡Puaj! Los **escarabajos peloteros** son **felices viviendo en el estiércol. Comen un poco** y **entierran el resto.** Si tiene **un buen día,** un escarabajo pelotero puede enterrar **250 veces su propio peso** en estiércol.

LO MÁS ASQUEROSO

¡No mires! Hay cosas muy desagradables

Microbichitos

Quizá **pienses que estás limpio,** pero en tu cuerpo hay **diminutas criaturas,** tan diminutas que **no puedes verlas;** y hay más de **5000** viviendo en cada **cm² de tu cuerpo.** Hay **más bichitos en tu piel que personas en el planeta.**

El plato más desagradable

La próxima vez que protestes por la comida, da gracias de que no estés en **Groenladia,** porque podrías tener que comer **kiviak.** Es **foca rellena de aves marinas** enteras sin desplumar. La foca se **destripa,** se llena de aves y se **entierra** bajo rocas unos meses para que las aves **fermenten.** Luego se abre y se **come.**

El truco de la baba

Los **peces bruja** se libran del peligro produciendo una **baba viscosa** que **tapona las agallas de su atacante,** ganando tiempo para **escapar.** Un pez bruja es capaz de **convertir un cubo de agua en baba en minutos.** También se anudan a sí mismos.

¡SOY UN BICHO CON RECURSOS!

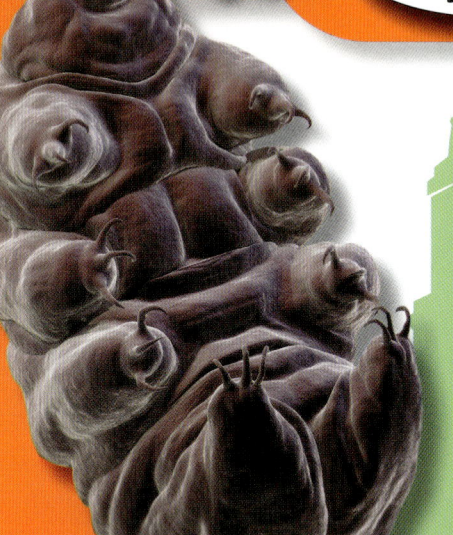

> SOY UN TIPO MUY DURO, QUE LO SEPAS.

Vive donde quiere...

Los **osos de agua microscópicos** pueden **vivir en cualquier parte** y son los animales **más resistentes** del planeta. Les gusta vivir en **musgo húmedo,** y si el musgo se **seca,** se **duermen** hasta que **vuelve a humedecerse.** ¡Algunos osos de agua que dormían en **musgo seco** que llevaba **100 años** en algún **museo,** se han **despertado al humedecerse el musgo!** Sobreviven al ser **hervidos, congelados, lanzados al espacio, irradiados, envenenados** y **ahogados.**

¿DÓNDE VIVEN?

Algunos animales viven en sitios rarísimos...

¡Vete a otra parte!

El **rezno anida en la piel humana.** Las moscas **ponen sus huevos en la piel** y cuando se abren, las **larvas hurgan bajo la piel** para **alimentarse.** Se encuentran en **Centroamérica** y **Sudamérica.**

¡Vaya lugar para vivir!

Vivir dentro del **trasero de otro animal** es como vivir en **el peor hogar del mundo,** pero al **perlero,** un pez que vive en la **Gran Barrera de Coral de Australia,** le parece **genial.** Suele vivir en el **culo de un pepino de mar** porque es un buen **escondrijo** para evitar a sus depredadores.

> AQUÍ SE ESTÁ CALENTITO...

¿Pez o pájaro?

Parece que los **samarugos,** que viven en los **manglares de Belice** y en el **estado de Florida,** se creen que son **pájaros.** Este curioso pez pasa algunos meses respirando aire y viviendo en árboles cuando las **charcas cenagosas** donde habita se secan.

Por los aires

Allá en el cielo viven **seres diminutos.** Los científicos han descubierto **bacterias, hongos** y **virus** que viven a **18 km** de la Tierra, el doble de la altura a la que vuela el **ánsar indio** (ver pág. 168). Pero mejor no volar cerca de ellos, son malos para la salud.

Cosas de hormigas

Las **hormigas** tienen **las casas más grandes** y **concurridas** del mundo. Una **gran colonia** de hormigas de la **costa mediterránea** mide más de **6000 km de largo** y contiene **miles de millones** de hormigas.

Qué gustos más raros...

Al **gusano de tubo gigante** le gustan las **sustancias químicas tóxicas,** las **temperaturas hirvientes** y la **presión extrema.** Vive **2500 m** bajo el **océano,** dentro de unos de **tubos duros** junto a **fisuras volcánicas** y **se alimenta de bacterias.**

¿Bosques en el océano?

Se cree que las **algas gigantes** (en la imagen), que forman bosques en el océano, son **las plantas que más rápido crecen del mundo.** Las hojas crecen más de **50 cm cada día.** Si bucearas **a 60 m de profundidad,** todavía **no les verías** las raíces.

Todos son uno

El **ser vivo más pesado de la Tierra** es un bosque de **47 000 álamos temblones** en Utah, en EE UU. Los árboles pesan **5443 toneladas y cuentan como un solo ser vivo** porque **comparten una red de raíces** y son **genéticamente iguales.**

Carnívora, pero lo disimula

La **sarracenia** es una planta que tiene forma de jarra con una especie de tapa en la punta. Es una **planta carnívora** que atrae a los insectos hasta la 'jarra' con sabroso néctar y luego cierra la 'tapa', los atrapa y los digiere. Hay sarracenias tan **grandes** como un **balón de fútbol** y comen **ratones y ratas.**

El superhongo

Un **hongo de miel gigante** de Oregón, EE UU, ocupa **8,9 km²,** lo cual lo convierte en el mayor ser vivo por territorio ocupado. Mide igual que **2200 campos de fútbol.**

Un minimundo en el bosque

El **ruibarbo** es una planta con la que las **abuelas inglesas** preparan tartas, pero en **Chile** es el hogar del **ciervo más pequeño del mundo,** el **pudú,** que vive en **bosques de rulbarbos glgantes.** Estos bosques son **un curioso mundo en miniatura** porque en ellos vive también **un depredador del pudú,** el **kodkod,** del **tamaño de un gatito.**

ME PARECIÓ VER A UN LINDO GATITO...

PLANETA PLANTA

Maravillas del reino vegetal

Traicionera

La **amanita phalloides** parece rica, pero contiene suficiente **veneno** para matar a un adulto. Hay gente que la come por error, porque se parece a otras setas no tóxicas. Los científicos creen que es la **causante de la mayoría de envenenamientos** por setas del mundo. Crece en **Europa y Asia,** y ha matado a papas, emperadores romanos y reyes.

A sus órdenes

El **árbol más grande del mundo** es el **General Sherman,** una **secuoya gigante** que hay en **California.** No es ni el más alto ni el más ancho, pero es el que contiene más volumen de madera. Al norte de California hay secuoyas rojas tan grandes que se han construido **carreteras** que las atraviesan.

CON ESTE GENERAL, TODOS FIRMES...

La comida que se tira

- Casi **1,8 millones de toneladas** de comida **se tiran** o **pierden cada año.**
- Y pesan lo mismo que **150 millones de elefantes,** o **tres veces** el peso de **cada persona del planeta.**
- El mundo produce **suficiente comida** para **alimentar dos veces** a todos sus habitantes; y **870 millones** de personas **sufren desnutrición.**

Campos de pizza

¡Los estadounidenses comen más de 7,3 Ha de pizza cada día!

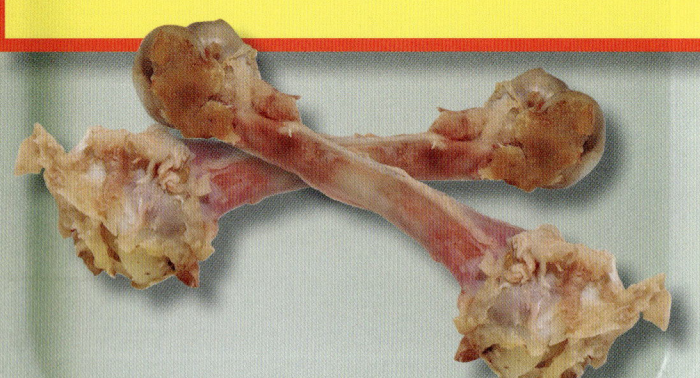

COMER, COMER...

¿Somos lo que comemos?

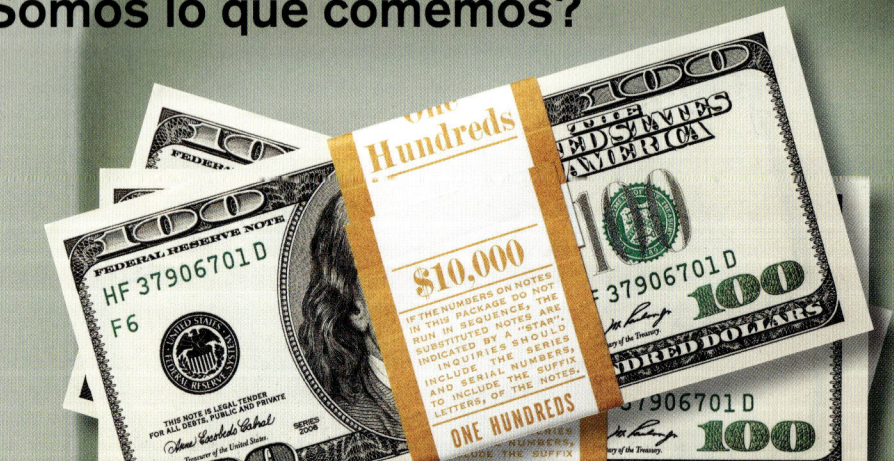

Un capricho muy caro

Si te sobran **25 000 US$,** quizá te apetezca darte un capricho y tomarte un **helado** en el restaurante **Serendipity 3,** en **Nueva York.** Es el postre **más caro del mundo.** No solo lleva helado y chocolate, está infusionado con **oro comestible** y se sirve en una copa de oro y diamantes. En el mismo restaurante puedes comer un **perrito caliente** por **69 US$.**

Porcentaje de gente que come comida rápida al menos una vez por semana:

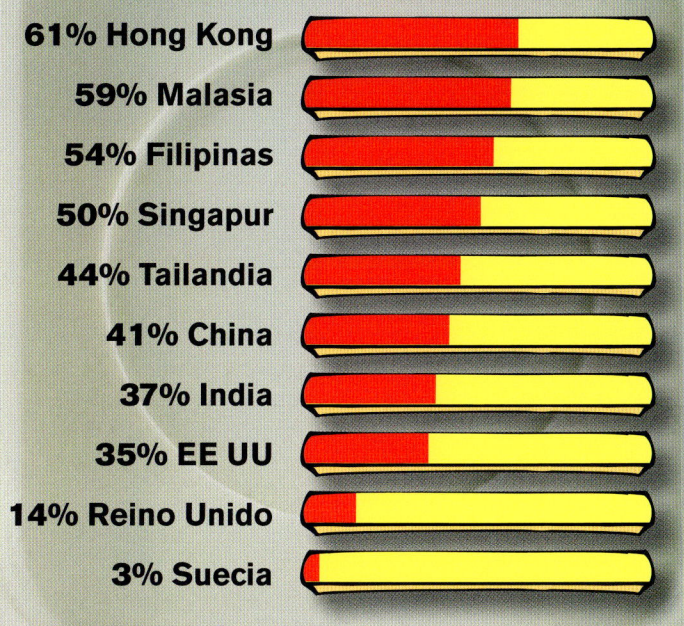

- 61% Hong Kong
- 59% Malasia
- 54% Filipinas
- 50% Singapur
- 44% Tailandia
- 41% China
- 37% India
- 35% EE UU
- 14% Reino Unido
- 3% Suecia

Un gran negocio

Cada día más de **600 millones** de personas en el mundo se gastan **3 mil millones de dólares** en comida rápida; eso son más de 2 millones por minuto. **McDonalds** sirve a más de **50 millones** de clientes **al día,** una cifra que supera la población de España.

Colores que dan hambre

Amarillo, rojo y **naranja** son los colores que más se usan en la **publicidad de comida rápida.** Son colores que hacen que la gente sienta que tiene **más hambre;** eso significa que se venderán más hamburguesas, pizzas, pollo o sándwiches.

Casas masais

Algunos **masais** de **Kenia** usan **excrementos de vaca** para construir sus casas semipermanentes. Con ellos embadurnan una estructura de **varillas.** Las casas parecen **panes.**

Casas en los árboles

¿Alguna vez has tenido una **cabaña** en un **árbol**? Los **korowais** de **Indonesia** viven en las casas de **árboles más grandes** del mundo, a **35 m** del suelo. Para subir, usan una **cuerda.** Con las casas tan altas se ahorran los enjambres de mosquitos y los vecinos ruidosos.

Mi casa es mi castillo

Hace **cientos de años,** los ricos y la realeza de **Europa** y **Oriente Medio** se construían **grandes fortificaciones** para vivir, los **castillos.** En los cuentos, las **princesas** viven en castillos y son **rescatadas por príncipes.** El **castillo más grande del mundo** es el **castillo de Praga,** en la República Checa; es **tan largo como cinco campos de fútbol** y **el doble de ancho.**

Las chimeneas de hadas

Algunos suertudos de la **Capadocia, Turquía,** viven en **chimeneas de hadas;** unas **rocas** que son parte de **antiguos volcanes.** Con la erosión han adquirido forma de **columna** con **una especie de 'sombrero'** en la punta. Los lugareños empezaron a **excavar casas** e **iglesias** en las rocas hace **2000 años.** Algunas chimeneas son **hoteles,** así los turistas también pueden **alojarse en ellas.**

Aquí se está fresquito

Hace **tanto calor** en **Cobber Pedy**, al sur de Australia, que todo el mundo **vive bajo tierra,** donde la gente ha excavado **casas, iglesias** y hasta **moteles.** El **golf** es un **deporte muy popular,** pero para **evitar el calor se juega de noche,** en la superficie, ¡con **pelotas fluorescentes!**

En cómodas cuevas

Los habitantes de la **aldea iraní** de **Kandovan** han encontrado una **forma natural** de **no pasar frío** en invierno **ni calor** en verano: ¡**viven en cuevas!** Los lugareños empezaron excavando **refugios** en las rocas cientos de años atrás para huir del **ejército mongol,** y al final fueron sus casas. Tienen **dos o tres pisos;** con **habitaciones, ventanas** y **puertas** excavadas en la roca.

HOGAR, DULCE HOGAR

¿Dónde vive la gente del mundo?

Las mejores vistas

Un **salón con vistas al espacio** y **sin vecinos** a la vista. La **Estación Espacial Internacional** es una nave que **orbita la Tierra.** En ella vive gente desde el año **2000.** Es tan **grande como una casa de cinco habitaciones** y tiene **dos baños,** un **gimnasio** y **grandes ventanales;** así sus seis inquilinos pueden **ver la Tierra.** También hay un **laboratorio** para los **experimentos** de la tripulación espacial.

MI PADRE SIEMPRE ME DICE QUE ESTOY EN LA LUNA.

La cara oculta de la Luna

Cuando el **Apolo XIII** rodeó la cara oculta de la **Luna** el **15 de abril de 1970,** sus tres tripulantes, **James Lovell, John Swigert** y **Fred Haise,** estaban a **401 956 km** de la Tierra, lo más lejos que alguien ha estado jamás.

FUERA DE ESTE MUNDO

Grandes curiosidades de la galaxia y más allá

Veo hombrecillos verdes

Cada año en el mes de julio, los **extraterrestres** visitan **la ciudad de Roswell, EE UU;** aunque en realidad son **personas disfrazadas de extraterrestres** que acuden al **Festival OVNI de Roswell.** Según algunos, **un platillo volante se estrelló** en Roswell en 1947.

¡Sin gravedad!

FLOTANDO VOY, FLOTANDO VENGO...

¿Te gustaría **flotar** sobre la Tierra, como un astronauta? Eso es lo que sucede en los **vuelos de gravedad cero,** en los que un avión vuela trazando un gran semicírculo para contrarrestar la gravedad. **EE UU** y **Rusia** usaban estos vuelos para entrenar a sus astronautas, pero hoy cualquiera que tenga dinero y un estómago fuerte puede saber **cómo** es viajar **así.**

Una moneda espacial

Si viajas al espacio exterior en un **cohete,** no olvides llevarte un **par de quids.** Los científicos han creado una moneda llamada **Quasi Universal Intergalactic Denomination,** para que la usen los viajeros del espacio.

Caído del cielo

Se llama **Hoba** y pesa **60 toneladas.** Es un **enorme meteorito de hierro** que cayó en **Namibia, África,** hace **80 000 años.** Es **el más grande** jamás encontrado.

Ojos que ven el universo

El **telescopio óptico más grande** del mundo vigila los cielos desde las **islas Canarias,** en el océano Atlántico. Tiene un **espejo de 10,4 m de ancho.** Se está construyendo un nuevo telescopio europeo que tendrá una lente tan ancha como cinco autobuses puestos en fila india, y contendrá más cristal que el resto de telescopios del mundo juntos. Será tan potente que los **astrónomos** podrán ver el **vehículo lunar** que se quedó en la Luna en **1971.**

Chatarra espacial

No todo lo que sube baja. En el espacio hay cientos de miles de **restos de cohetes y satélites viejos** que dan vueltas a la Tierra. La **Estación Espacial Internacional** estuvo a punto de ser golpeada por **chatarra espacial** en el 2011, y los astronautas que vivían en ella tuvieron que prepararse para irse. Pero a veces la chatarra espacial cae del cielo. A **Lottie Williams,** de **Oklahoma,** en **EE UU,** le cayó un trozo de cohete viejo en la espalda en **1997.** No le pasó nada.

Fallo en el sistema

¿Te has preguntado alguna vez adónde van a parar nuestros **móviles y ordenadores viejos**? Quizá a **Guiyu, China.** Más de **150 000** trabajadores reciclan viejos ordenadores, aprovechando el metal y las placas, y quemando el resto. Pero algunos componentes son **tóxicos,** como el humo que los quema, que ha envenenado la ciudad y a sus habitantes.

Muchas botellas

Tomislav Radovanovic, de **Serbia,** ha encontrado la forma de **aprovechar las botellas de plástico vacías:** se ha construido una **casa** con ellas. Incluso las ha usado de distintos colores para decorarla. También los **muebles de la cocina** están hechos con botellas. Lo único que no está hecho con botellas es el suelo.

730 kg por persona y año

EE UU

920 kg por persona y año

HONG KONG

Los más guarros

EE UU produce **más basura** que cualquier otro país del mundo, unos **230 millones de toneladas** al año; **730 kg** por habitante. Representa el **40%** de la basura del mundo. Pero los habitantes de **Hong Kong** producen **920 kg** de basura **por persona al año.**

Somos unos dejados

Los **terrícolas** hemos visitado la Luna seis veces, y allí hemos abandonado 6 módulos lunares, **6 banderas estadounidenses, 3 vehículos lunares**, botas, cámaras, un martillo, una pluma, un pedazo del avión de los hermanos Wright, aparatos científicos, un telescopio, **3 reflectores láser y 3 pelotas de golf.**

Ensuciando el Pacífico

El **mayor montón de basura del mundo** es la **Gran mancha de basura del Pacífico,** una masa de basura de **100 millones de toneladas** que flota en el **Pacífico** entre **California** y **Japón.** Casi todo es **plástico,** y los científicos creen que puede cubrir una zona del océano del tamaño de EE UU. El **viento** y las **corrientes** hacen que toda esa **basura se junte.**

¡CUÁNTA BASURA!

Así ensuciamos el planeta... y más allá

Contaminación mortal

Refinerías de petróleo, fábricas de plástico y fundiciones hicieron de **Cubatão, en Brasil,** uno de los sitios más **contaminados** del planeta; tanto que acabó siendo conocido como **'El valle de la muerte',** porque la contaminación mató árboles y ríos; y algunos bebés nacieron con malformaciones. El Gobierno brasileño ha intentado limpiar la zona.

El mayor vertedero

La **mayor estructura artificial** del planeta es el **vertedero de Fresh Kills,** en EE UU. Ocupa una zona de **890 Ha** cerca de Nueva York. Cuando se cerró, en el 2001, medía **25 m de altura, más que la Estatua de la Libertad.** Hoy es un parque.

Lagarto, lagarto...

El **lagarto topo mexicano** o **ajolote** no es exactamente **un lagarto,** aunque es **pariente cercano de los lagartos.** Parece más bien un **gusano,** salvo por las **dos patas** —que recuerdan **a las de un lagarto**— que tiene **junto a la cabeza.** Vive en **pequeños túneles bajo tierra,** se **desplaza con las garras** y come **larvas** e **insectos.**

Un pez a propulsión

A diferencia de otros peces, **el pez rana psicodélico** no tiene **escamas,** sino una **piel carnosa y gelatinosa.** Además, es un pez que no **sabe nadar.** Se desplaza **botando** por el **fondo marino** sobre unas **aletas redondas,** que **parecen pies.** También **se propulsa soltando agua** por unos **orificios branquiales** para ir más rápido. Este pez **se descubrió hace muy poco, en el 2008.**

BICHOS RAROS

Las criaturas más curiosas del mundo

¡PERO SI EL QUE TIENE MALA SUERTE SOY YO!

Ay, pobre aye-aye

El **aye-aye** es el **primate nocturno más grande** –y puede que **el más raro**– del mundo. Solo vive en la isla de **Madagascar, en lo alto de los árboles.** Da golpecitos a las ramas con su **delgado y largo dedo corazón** en busca de **larvas** para comer. Es un animal que **está desapareciendo:** la gente los **mata** porque **creen que traen mala suerte.**

Un tiburón muy raro

El **tiburón anguila** es como un fósil viviente, ya que es una de las criaturas **más antiguas** de la Tierra (existe desde hace 100 millones de años). No es fácil verlo, vive en **zonas muy profundas y oscuras**. Parece más una anguila o una serpiente que un tiburón, pero en su enorme boca hay unos **300 dientes** afilados con forma de gancho.

¿QUÉ? ¿QUE NO TE GUSTA MI NARIZ?

¡Hola, guapo!

El **mono narigudo macho** tiene la nariz más divertida de todas, además de una enorme **tripa** llena de **gases** de comer tantas hojas, semillas y frutas.

¡MIRA! ¿A QUE TENGO LOS DIENTES LIMPIOS?

Ratitas bien organizadas

Arrugada y dentuda, la **rata topo lampiña** vive en **grandes colonias bajo tierra** en los desiertos del **este de África**, y cada colonia tiene **una única jefa, hembra**. Son **animales muy sociales** que viven y trabajan juntos, construyendo **enormes y complejas madrigueras**. Pueden **correr hacia atrás** igual de rápido que **hacia delante**, y **no sienten dolor en la piel**. Viven unos **30 años, 10 veces más** que las otras ratas, y tienen a los científicos **fascinados** porque **nunca contraen cáncer**.

Papúa Nueva Guinea (PNG) es **uno de los países menos explorados del planeta.** Los científicos creen que hay **un montón de nuevas especies** de **plantas** y **animales por descubrir** en sus **selvas nubosas,** sus **empinadas y escarpadas montañas,** sus **densas junglas,** sus **pantanos** y sus **llanuras.** Se conocen **700 tribus** que viven en PNG, un territorio de **462 840 km²** que incluye **cientos de islas** y que en su mayor parte es **selva tropical;** aunque **cada año** se **tala un 3%** de la selva.

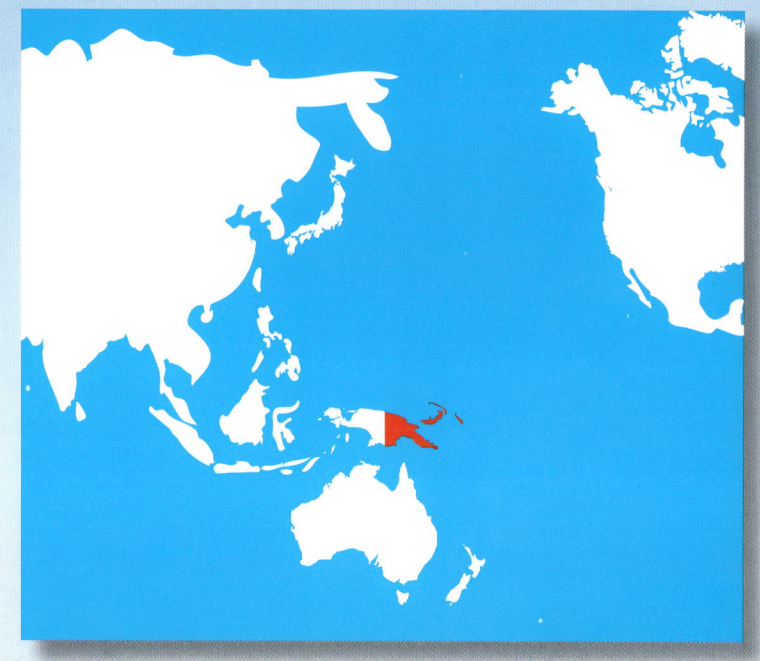

NAVEGANDO EL SEPIK

Un paseo salvaje por el río de PNG

IR AL COLE REMANDO ES MÁS DIVERTIDO

Vamos a explorar

Algunos lugares de **PNG** son **tan remotos** y de **tan difícil acceso** que solo se puede llegar en avión, porque son demasiado **empinados, resbaladizos** y **frondosos** para construir carreteras. Otra opción es hacer como los lugareños y desplazarse en **canoa** por el famoso **río Sepik,** de **1126 km.** Muchas **tribus muy diferentes** viven en sus orillas. Elaboran **bellas tallas de madera** y en algunos **rituales** tocan tambores garamut, de madera y alargados, hechos con troncos de árboles.

¡Qué plumas tan bonitas!

El símbolo nacional del país es el **ave del paraíso raggiana.** PNG cuenta con casi 40 especies muy distintas. Los machos son muy **bellos** y tienen las plumas más bonitas: algunas muy largas, otras de **formas curiosas,** otras de vivos colores… Las **sacuden y danzan,** a veces durante horas, para atraer a la **hembra.**

¿Tienes hambre?

Algunas tribus eran **caníbales: mataban a sus enemigos** y **se los comían.** Todavía hoy hay quien **recuerda haber comido carne humana,** pero **ya no se comen a nadie.**

¡1000 NUEVAS ESPECIES EN 10 AÑOS!

Desde 1998 al 2008, los científicos que estudian PNG han descubierto:

218 plantas	**580** invertebrados	**134** anfibios	**43** reptiles	**71** peces	**12** mamíferos	**2** aves

Los valientes hombres-cocodrilo

Los **hombres jóvenes** de la **tribu kaningara,** a orillas del Sepik, **prueban su valentía tatuándose** unas **marcas de cocodrilo.** Se les hacen **heridas profundas** en el cuerpo con **forma de escamas de cocodrilo.** Luego **se frotan** con **barro, aceite** y **cenizas** para que se conviertan en **grandes cicatrices** que durarán **para siempre.** Durante este **doloroso ritual** aprenden secretos.

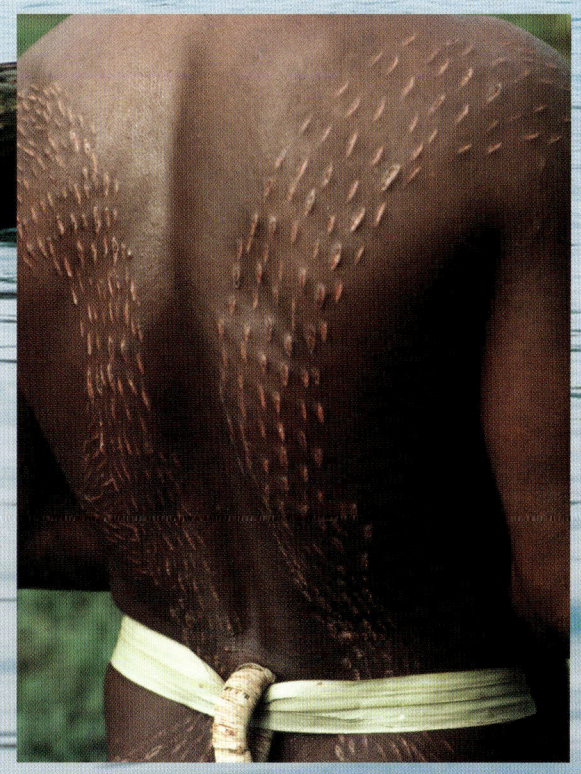

La Tierra es viejecita

La **zona más antigua** de la Tierra son las **Jack Hills,** en **Australia** occidental (en la imagen). Tienen más de **3600 millones** de años. Las rocas de estas colinas contienen restos de un mineral llamado **circón** que tienen 4400 millones de años, un poquito más jóvenes que la Tierra.

LO MÁS VIEJO

Las cosas más antiguas de la Tierra

De la época de Cervantes

Algunos **moluscos** que viven en las **gélidas aguas** de **Islandia** tienen **más de 400 años.** Eso significa que ya estaban **en el fondo del mar** cuando **Cervantes** escribía **sus obras.** Los científicos calculan la edad de los moluscos **contando los anillos de sus conchas.**

Mucha edad bajo el mar

Una **pradera marina** del **mar Mediterráneo** podría ser **el ser vivo más antiguo de la Tierra.** Según los científicos, podría tener más de **100 000 años. Nunca muere** porque **se clona a sí misma.**

YO LE INSPIRÉ 'EL QUIJOTE'

La persona **más vieja** jamás conocida fue una **francesa** llamada Jeanne Calment. Murió en 1997, con **122 años y 164 días.**

Lenta, pero segura

La tortuga gigante vive muchos años, más que los humanos. Jonathan es una tortuga gigante de las Seychelles que vive en la isla de Santa Elena y es el animal vivo más viejo del mundo. Nació en 1832, cuando no se habían inventado ni los automóviles ni las películas.

¡SOY JOVEN DE ESPÍRITU!

Los que más años viven

El **guacamayo** puede vivir **80 años**.

El **tuátara** de Nueva Zelanda puede vivir **100 años**.

Algunas **carpas japonesas** pueden vivir 200 años.

La **ballena boreal** puede vivir **200 años**.

CON TU CUERPO Y MI CEREBRO LLEGAREMOS LEJOS.

¿Despistar a la muerte?

Algunas personas eligen **congelarse tras la muerte,** esperando que **un día** surja una **cura** para **lo que les mató.** Esto se llama **criogenización.** Es muy **caro,** por lo que hay gente que solo decide que **le conserven el cerebro.** El doctor James Bedford fue la **primera persona** que pidió **conservar su cuerpo,** en 1967. Si le resucitan algún día, será **el hombre más viejo del planeta.**

Volar por el Everest

No hay otro pájaro que **vuele más alto** que el **ánsar indio,** que a veces **sobrevuela el Everest,** la montaña más alta del mundo, de **8848 m** de altura, y tarda unas **8 horas.**

> SOY UN PÁJARO DE ALTOS VUELOS.

¡Globos!

Cada noviembre, en **Saga City, Japón,** cientos de **globos** de todas las formas y colores navegan por el cielo durante el **Saga International Balloon Fiesta,** el mayor evento aéreo de Asia y uno de los mayores encuentros de **globos de aire caliente** del mundo. El más grande es el de **Albuquerque,** en **EE UU,** que se celebra en octubre y cuenta con más de **750** globos que surcan el cielo durante **9 días.**

ÁNSAR INDIO 1, ALPINISTAS 0

Si un ánsar tarda 8 horas en sobrevolar la cima del Everest, los humanos tardaron **7 semanas** en escalarlo por primera vez. El neozelandés Edmund Hillary y el nepalí Tenzing Norgay fueron las **dos primeras personas** que pisaron la cima del Everest el 29 de mayo de 1953. Tuvieron que llevar bombonas de oxígeno, porque tan arriba **es difícil respirar.**

¿A qué piso vas?

Si quieres llegar **hasta las nubes,** prueba a montarte en el a**scensor de Bailong,** en **Zhangjiajie, China.** Es **el ascensor al aire libre más alto del mundo,** con **330 m,** y sube y baja pegado a un acantilado. Las vistas son impresionantes.

Las nubes más altas

Para ver **las nubes más altas del mundo** necesitas tener muy buena vista. Están a **76-85 km de la Tierra,** y las llaman **nubes noctilucentes.** Están hechas de **cristales de agua helada** y cuando mejor se ven es **tras la puesta del sol,** cuando la luz se refleja en ellos **por debajo del horizonte.**

POR LOS AIRES

¡Desde ahí todo se ve diferente!

Volando hacia la fama

La preciosa y pequeña **mariposa de la ortiga** ha sido vista volando por las montañas del **Himalaya,** a **5791 m** sobre el nivel del mar, lo que la convierte en el insecto que más alto vuela.

Volar no da palo

El **'palo volador'** es un antiguo ritual que los **totonacas de México** aún practican hoy. Cinco hombres con traje tradicional suben a un **poste** de **30 m** de altura. Uno se queda encima del poste, en una pequeña plataforma, bailando y tocando la **flauta** y el **tambor.** Los demás, sujetos al poste por cuerdas, saltan de espaldas y **'vuelan'** lentamente alrededor del poste hasta llegar al suelo. Cada saltador representa una estación, y cada uno vuela alrededor del poste **13 veces,** representando las 52 semanas del año.

PEQUEÑO Y PERFECTO

El mundo en miniatura

Sin irse por las ramas

¡Imagina tener un **bosque entero dentro de casa**! El **Bonsái** es un **arte japonés** que cultiva **versiones en miniatura de árboles reales**. Se les **podan** las hojas, se **recortan** los troncos y las ramas se **deforman** para que parezcan **árboles de verdad**. Algunos bonsáis miden solo **entre 3 y 8 cm de alto**.

Una mininación

La nación más pequeña del mundo, el **Vaticano**, tiene el tamaño de **60 campos de futbol;** unas **44 Ha.** En ella viven unas **800 personas,** casi la misma cantidad de alumnos que tiene un colegio, con lo cual es también **la nación menos poblada del mundo**.

Las esculturas más pequeñitas

Willard Wigan, un escultor inglés, tiene muy buen ojo. Y lo necesita, porque crea **las estatuas más pequeñas del mundo.** Entre sus obras destacan una Estatua de la Libertad que cabe en el **ojo de una aguja** y una copia del 'David' de Miguel Ángel esculpida a partir de un **grano de arena.** En la foto, hecha con microscopio, otra de sus obras, 'Los amantes brillantes', colocados sobre un **anillo.**

Zun, zun... ¡zunzuncito!

El **colibrí zunzuncito**, de **Cuba**, es **el ave más pequeña del mundo.** Es **tan pequeña** –mide 5 cm de largo– que la gente **la confunde con una abeja.** Apenas pesa **1,8 g,** y los **machos son más pequeños que las hembras.**

Como un espagueti

La **serpiente más pequeña del mundo,** la **serpiente hilo de Barbados,** se descubrió en el **2008** en la isla de **Barbados. Cabe en una moneda** y es **tan fina como un espagueti.** Solo alcanza los **10 cm** de largo.

CREO QUE LE GUSTO A ESA ABEJA...

Una tacita de lémur

El **lémur ratón cabría sin problemas en una taza.** ¿Sabías que son **parientes nuestros**? Estos animalitos de **6 cm,** de la **isla de Madagascar,** son **los primates más pequeños del mundo.** Están en **peligro de extinción** porque les **talan los bosques** donde viven.

¡Y se encogió!

El camaleón más pequeño del mundo vive en **Madagascar.** Es el camaleón **pigmeo,** y mide menos de **2,5 cm** de largo; podrías **sujetarlo con un dedo.** Hace **miles de años** era **mucho más grande,** pero se fue **encogiendo** con el tiempo, probablemente porque en la isla **escaseaba el alimento.**

A MÍ ESE LÉMUR ME PARECE UN GIGANTÓN...

TENGO UNAS JAQUECAS TERRIBLES.

Cabezas colosales

En el año **1500 a.C.** los **olmecas** de **México** empezaron a contruir **grandes ciudades-templo,** como la de **San Lorenzo Tenochtitlán.** Los olmecas son famosos por sus **grandes cabezas de piedra,** las **'Cabezas colosales';** algunas de ellas miden **3 m** de altura y pesan más de **20 toneladas.**

Los exploradores han buscado la mítica **ciudad perdida de la Atlántida** por todas partes… **Cádiz,** España: NO. **Santorini,** Grecia: NO. En la costa de **Marruecos,** en la costa de **Cuba,** bajo del Polo Sur: TAMPOCO. ¡Seguid buscando, exploradores!

La civilización minoica

Cnosos es un **gran palacio** en la isla de **Creta** que fue la cuna de la antigua **civilización minoica** hace **4000 años.** En el sótano del palacio había un **laberinto** donde, supuestamente, estaba encerrado un **minotauro;** un animal **mitad hombre, mitad toro.** El esplendor de la cultura minoica se descubrió al **desenterrar** el palacio, en 1900.

Una maravilla

La muestra más impresionante de **arquitectura hindú** es **Angkor Wat,** un **enorme** y antiguo templo de **Camboya** que ocupa **200 Ha;** casi lo mismo que **300 campos de fútbol.** Hace **cientos de años** que está **abandonado,** y la selva lo ha **engullido.**

Y desaparecieron

Gedi, en **Kenia**, es una **misteriosa ciudad perdida** que fue **abandonada de repente** en el s. XVII. Era una ciudad **muy avanzada,** con **agua corriente** y **lavabos con cisterna;** y los arqueólogos han encontrado en ella **jarrones chinos Ming, vasos venecianos** y otros objetos de **todo el mundo. No se sabe** por qué sus habitantes **desaparecieron…**

MUNDOS PERDIDOS

Grandes civilizaciones olvidadas por el tiempo

Maravillosa Micronesia

Nan Madol es una **ciudad en ruinas** cerca de la isla de Pohnpei en **Micronesia.** La llaman **'la Venecia del Pacífico'** por sus **90 islas artificiales** conectadas por **canales.**

¡Y LO BIEN QUE VIVÍAMOS!

Una civilización de lujo

Luxor, en **Egipto,** es **'el museo al aire libre más grande del mundo'.** Ahí están **Tebas,** que fue la **antigua capital** de Egipto **hace 3500 años,** y algunos de los **templos antiguos más impresionantes** del mundo. La **tumba de Tutankamón,** repleta de **oro y riquezas,** fue descubierta en **1922** en el vecino **Valle de los Reyes.**

Un gran cañón

El **Gran Cañón** (en la imagen) es uno de los cañones más grandes y espectaculares de la Tierra, además del más famoso. Lo excavó un solo río, el **Colorado,** durante millones de años. El cañón principal mide **365 km de largo, 29 km de ancho** y hasta **1,6 km de profundidad.**

Una peste salvaje

Hverir, en **Islandia,** es uno de los paisajes más **raros** y **pestilentes** del mundo. Allí es donde el centro de la Tierra intenta **abrirse camino** hasta la superficie, pues el suelo está lleno de **agujeros humeantes, extrañas rocas, charcos sulfurosos** y **estanques de barro maloliente.**

LOS PAISAJES MÁS SALVAJES

Algunas de las creaciones más fascinantes de la naturaleza

Otro mundo

Visitar la **isla de Socotra,** en el océano Índico, es como visitar otro planeta. Ha permanecido tanto tiempo **aislada del resto del mundo** que muchas de sus plantas han evolucionado de forma distinta a las de otros lugares. ¡Fíjate en estos **árboles dragón!**

¿Un bosque de piedra?

El **Bosque de piedra o Shilin,** en **China,** es un enorme conjunto de altos pilares de **roca** que parecen árboles y ocupa un territorio tan grande como **25 000 campos de rugbi.** Se formó hace **270 millones de años,** antes de que los dinosaurios habitaran la Tierra.

¡A cabalgar, vaquero!

¿Has visto pelis antiguas de vaqueros en la tele? Si la respuesta es sí, **Monument Valley,** en EE UU, te **resultará familiar,** ya que ha salido en docenas de **películas** y **series de TV,** e incluso en algún **videojuego.**

¡Para comérselas!

Las **Colinas de chocolate,** en **Filipinas,** tienen una pinta para **hincarles el diente,** pero si lo hicieras, te sabrían a **piedra caliza.** Hay unas **1700** colinas de formas casi **perfectas,** todas **cubiertas de hierba** que se vuelve de **color marrón chocolate** en la estación seca.

Y le crecen más patas

El **milpiés gigante africano** es **el milpiés más largo del mundo.** Nace con solo **14 patas,** y mientras crece, **le van saliendo más.** Cuando llega a la madurez mide **38 cm** de largo y puede tener hasta **100 patas.**

ESTO NO ME VA A CABER EN LA CAZUELA...

¡Vaya pedazo de almeja!

Casi todas las **almejas** pueden **comerse** con los **dedos,** pero las **almejas gigantes** podrían **tragarse a una persona entera.** Por suerte se **cierran** tan lentamente que uno siempre **se escapa sin problemas.** Será por eso que no consta que jamás **alguna almeja se haya tragado a alguien...** todavía.

Superserpiente marina

Apodado **'el rey de los arenques',** el **pez remo** es el pez óseo más largo. Puede crecer hasta los **17 m** de largo, y se necesitan **15 hombres** para sujetar un pez adulto de cabeza a cola. No da miedo, **no tiene dientes.**

Mami, otra vez tengo sed

Los **bebés humanos** beben unos **750 ml** de leche **al día;** un par de gotitas si los comparamos con **el bebé más grande del mundo,** el de la **ballena azul,** que **bebe 330 litros de leche al día y gana 90 kg** cada **24 horas** (lo que pesa un **hombre fuerte**). Al **nacer** el ballenato es casi tan largo como un **autobús** y **pesa más** que un **Rolls-Royce.**

La salamandra gigante

La **salamandra gigante** vive en **Japón** y **China.** Es el **anfibio** –criatura que puede vivir en el agua y en la tierra– **más grande del mundo,** y mide **1,8 m** de largo; aunque se dice que en el s. XVII se halló una que medía **10 m** de largo y que **comía vacas y caballos.** Las **verrugas** de su piel captan **vibraciones** que la ayudan a **cazar.**

Un **elefante adulto** produce hasta **80 kg** de caca **cada día.**

¡VAYA GIGANTES!

Grandes estrellas del reino animal

¡NO ME DIGAS QUE ESTO ES UN PEZ REMO BEBÉ!

ANIMALES EN PELIGRO

Algunos animales tienen un futuro muy negro...

Cada día perdemos unas 135 especies de plantas, animales e insectos.

Nombre: Kakapo
País: Nueva Zelanda
Vive en: bosques
Ejemplares en libertad: unos 125
Amenazas: pérdida de su hábitat; depredadores como perros, gatos o ratas
Comentario: el loro más pesado del mundo; no sabe volar; nocturno. Se desarrollan programas de cría

SALVARME ES LA MEJOR MEDICINA

SE BUSCA VIVO

SE BUSCA VIVO

Nombre: Tigre
Zona: Asia y subcontinente indio
Vive en: montañas y bosques
Ejemplares en libertad: unos 3500
Amenazas: pérdida de su hábitat, caza furtiva
Comentario: en los últimos 60 años, 3 subespecies de tigres se han extinguido, por ser cazadas para su uso en la medicina china

También están en peligro de extinción

Addax, Níger
Leopardo del Amur, Rusia
Guacamayo de barba azul, Bolivia
Lince ibérico, España
Saola, Vietnam y Laos

Nombre: Periquito ventrinaranja
Zona: Tasmania y Victoria, Australia
Vive en: praderas de la costa
Ejemplares en libertad: unos 20
Amenazas: pérdida de hábitat, competición de especies
Comentario: se desarrollan programas de cría

¡NO QUIERO DESAPARECER!

SE BUSCA VIVO

SE BUSCA VIVA

Nombre: Tortuga laúd
Zonas: océanos Atlántico y Pacífico
Ejemplares en libertad: unas 2300 hembras en el océano Pacífico; las cifras del océano Atlántico están menguando
Amenazas: contaminación marina, sobre todo de bolsas de plástico; pesca
Comentario: es la mayor tortuga marina, ha sobrevivido 100 millones de años

SE BUSCA VIVO

SE BUSCA VIVO

¡**Nombre:** Rinoceronte de Java
Zona: Java
Vive en: bosques densos
Ejemplares en libertad: unos 50
Amenazas: caza furtiva, pérdida de hábitat
Comentario: el último rinoceronte de Java en Vietnam murió en el 2010. Su pariente asiático, el rinoceronte de Sumatra, también corre peligro

Nombre: Atún bluefin
Zona: océanos Atlántico, Pacífico, Índico y Antártico
Ejemplares en libertad: 25 000 en el océano Atlántico y varias decenas de millar en el Pacífico; pero la pesca mata a miles de ejemplares cada año
Amenazas: sobrepesca
Comentario: un atún entero puede venderse por más de 100 000 US$. Por eso se siguen pescando 10 000 toneladas al año

¡Te beso!

En los países germanohablantes, la **Weiberfastnacht** es una fiesta nocturna en la cual las **mujeres** pueden **cortar la corbata** a un caballero y **besar al hombre que quieran.** Forma parte de las fiestas del Carnaval alemán, llamado **Fasching, Karneval, Fastnacht, Fasnacht** o **Fastelabend.**

Disfraces y música

El carnaval de **Trinidad y Tobago,** en el **Caribe,** empieza la noche antes del lunes anterior al miércoles de ceniza. La gente **se unta de barro, chocolate, pintura** o **aceite** y **corre por las calles a oscuras,** fingiendo ser **demonios y diablillos,** y despertando a todo el mundo al ritmo de la **música 'soca'.** Después vienen dos días de **concursos** de **música 'calypso', 'soca'** y de **tambores metálicos;** y un **gran desfile** donde la gente luce **maravillosos vestidos** con **plumas** y **lentejuelas.**

La samba, un espectáculo

El **Carnaval de Río** es la mayor fiesta del mundo, y se celebra cada año en **Río de Janeiro,** Brasil. Dura **cuatro días,** llenos de **música** y **canciones,** y termina con **un gran desfile,** el **Desfile de la Samba,** con **millones** de espectadores. En el desfile, cada **escuela de samba** intenta **destacar** por encima de las otras con **carrozas espectaculares.** ¡Hay escuelas con **cientos de bailarines** y hasta **ocho carrozas!**

Las grandes bodas indias

Las **bodas hindúes** pueden durar **varios días.** La **novia** suele ir vestida de **rojo y dorado,** con bonitos tatuajes de **'henna'** en manos y pies. Muy a menudo, docenas de parejas se casan a la vez en una **gran ceremonia,** y se lanzan **pétalos de rosas** al aire cuando cada pareja es bendecida.

¡VIVA LA FIESTA!

Las más grandes celebraciones del planeta

La fiesta de los monos

Los **macacos de Lopburi,** Tailandia, **se vuelven locos** durante el **Festival del Bufé de los Monos.** Se les considera **sagrados** y por ello el último domingo de noviembre se les organiza **una gran fiesta,** con mesas llenas de **frutas tropicales, verduras, dulces e incluso bebidas,** que los monos **engullen** tan contentos.

Alguien no sabe contar

¿Cuánto crees que mide el **Cañón de las Nueve Millas,** en **Utah, EE UU?** Pues no, no mide 9 millas: mide más bien **40.** Pero es la 'galería de arte' más larga del mundo. Hay más de 10 000 dibujos grabados en las paredes del cañón, casi todos ellos obra de **indios americanos** de hace cientos de años.

AMOR AL ARTE

Un retrato de los extremismos artísticos

El cuadro más caro del mundo

El cuadro de 1895 **'Los jugadores de cartas'** del pintor francés Paul Cézanne se vendió en el 2011 por **250 millones US$,** convirtiéndose en **el cuadro más caro del mundo.** ¡Si el artista lo hubiera cobrado en su época, habría ganado **21 500 € a la hora** por pintarlo!

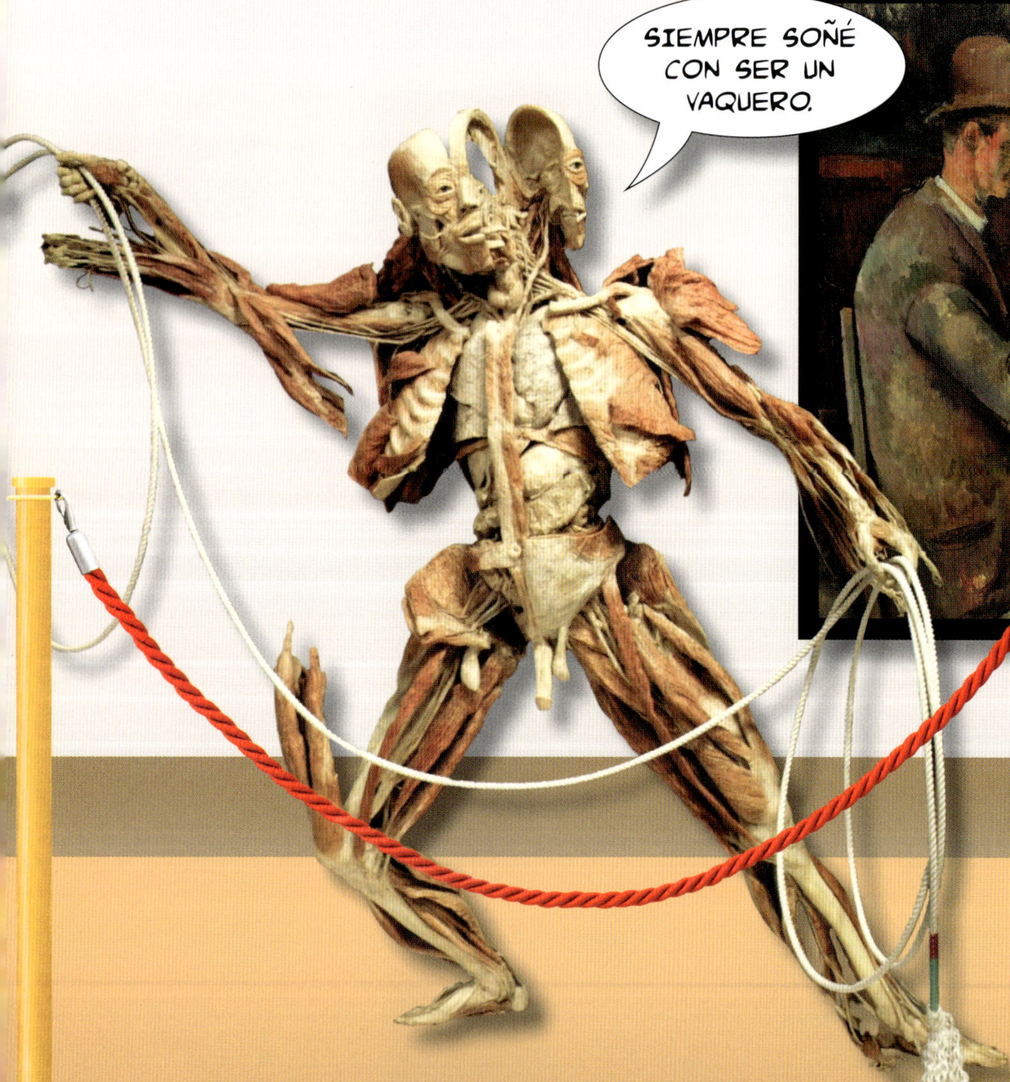

SIEMPRE SOÑÉ CON SER UN VAQUERO.

El anatomista alemán **Dr. Gunther von Hagens** hace **estatuas con cadáveres.**

Hace falta tiempo

El Louvre, en **París**, es **el museo de arte más visitado del mundo.** Más de **23 000 personas** recorren sus salas **cada día.** Tiene **tantas piezas expuestas** que si dedicaras **2 minutos a cada una,** tardarías **4 meses** en **verlo todo** dentro del horario del museo.

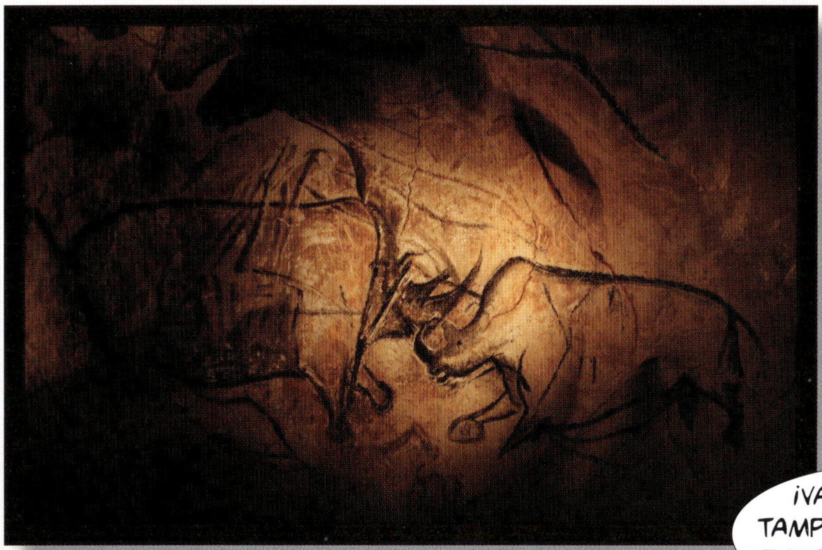

El neozelandés **Maurice Bennet** crea **obras de arte** con las **tostadas.**

¿Dónde está el oso?

Las **pinturas rupestres más antiguas** del mundo, las de la **cueva Chauvet**, en **Francia**, muestran a **leones, panteras, rinocerontes** y **osos;** animales que **debieron de vivir en Francia** hace **35 000 años,** cuando se hicieron las pinturas.

¡VAYA, ESTOS TAMPOCO ME HAN PUESTO BRAZOS!

El escultor chino **Zhu Cheng** ayudó a sus estudiantes de arte a crear una **réplica** de la famosa Venus de Milo con... **¡caca de oso panda!**

−273.15°C
(−459.67°F)
¡Esto sí que es frío!

¿Sabías que hay una **temperatura mínima** en la que **no es posible que haga más frío?** Esa temperatura son **−273,15°C.** En el 2003 los científicos crearon la **temperatura más fría jamás obtenida:** solo 0,0000000005°C por encima del cero absoluto.

Un hotel de hielo

Cada invierno en **Jukkasjärvi, Suecia,** miles de **turistas pagan** por **dormir en dormitorios de hielo.** Y es que se alojan en **el primer y el más grande hotel de hielo del mundo.** Se construye **cada invierno** con **bloques de hielo** del río Torne, y **desaparece** cuando llega el verano y **el hielo se funde.** Los huéspedes **no pasan frío,** tienen pieles de reno.

Hielo, luz y color

Quizá no te apetezca ir de vacaciones a una ciudad donde la temperatura cae hasta **−30°C,** el viento llega desde **Siberia** y se hace de noche tras el almuerzo, pero un millón de personas lo hace cada año, aunque no van a **Harbin, China,** por el clima, sino por el **festival del hielo y la nieve** (en la imagen), uno de los mayores y más divertidos festivales del mundo. Hay cientos de **edificios y esculturas de hielo,** algunos más grandes que un campo de fútbol. De noche todo es más espectacular gracias a los **láseres** y las **luces de colores.**

Pastores que pasan frío

Puede que los **nenets** de **Siberia** trabajen en el lugar **más frío del mundo.** Mueven **grandes rebaños** de renos **miles de kilómetros** a través del **Círculo Polar Ártico.** Las temperaturas a menudo rondan los **−50°C** mientras los nenets y sus rebaños cruzan **llanuras y ríos helados.**

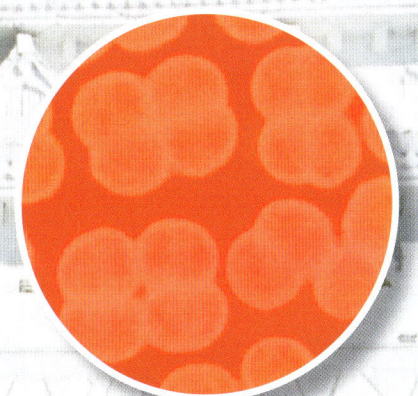

La superbacteria

Si quieres vivir en un sitio **muy, muy frío,** te irá mejor si eres una **bacteria.** El Deinococcus radiodurans es una bacteria casi **indestructible.** Sobrevive al frío y al calor extremos, ¡y también a la radiación extrema!

LO MÁS FRÍO

Un refrescante paseo por los sitios más fríos

Vivir en un congelador

Rusia es el **país más grande** del mundo, y también el **más frío.** La **temperatura media** es de **−5,5°C,** ya que la mayor parte del país está más cerca del Polo Norte que del ecuador. En algunas zonas hace tanto frío que se podría lanzar **agua hirviendo** al aire y se convertiría en **vapor** y en **hielo.**

Sueño eterno bajo el mar

Una funeraria está construyendo **el mayor cementerio acuático del mundo.** El Neptune **Memorial Reef,** empezado en el 2007 cerca del estado de Florida, será también **el mayor arrecife artificial** cuando esté terminado. El cementerio estará inspirado en **la ciudad perdida de la Atlántida.** Ya hay **placas, columnas, avenidas, estatuas de leones** y bancos para sentarse vestido de buzo. Las estructuras de esta ciudad submarina **mezclan hormigón y cenizas** de difuntos.

Un mes fantasmal

Para los **chinos,** el **mes más mortífero** es su **séptimo mes lunar,** el '**mes fantasma**', porque **las puertas del infierno se abren** y los **espíritus de los muertos** salen **al mundo** para **atormentar** a los vivos durante **30 días.** Muchos **templos** organizan ceremonias en las que **encienden faroles, queman incienso, hacen ofrendas** a los fantasmas y oran. Durante el **Festival de los Fantasmas Hambrientos** hay una **ópera** y **espectáculos de marionetas** para entrener a los fantasmas.

ME HE PUESTO GUAPO PARA LA OCASIÓN.

Un día feliz

El día **2 de noviembre** los mexicanos celebran el **Día de Muertos.** Para ellos es un día muy **feliz,** porque visitan las tumbas de sus difuntos y les llevan **regalos** como flores, su comida o bebida preferidas e incluso dulces en forma de calaveritas y de esqueletos. Algunas familias incluso organizan un '**picnic**' sobre las tumbas y **cantan.**

Al infinito

El **cementerio más tranquilo** es el **espacio exterior.** ¡Seguro que **no hay ruido**! Hoy en día es posible colocar las **cenizas** de un difunto en un **tubo** del tamaño de una **barra de labios** y **lanzarlo al espacio** en un **cohete.**

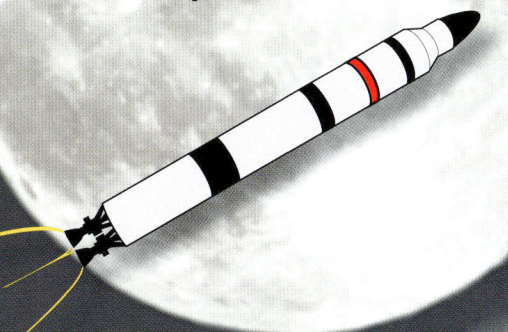

LA MUERTE

Rituales y fiestas sorprendentes

La ciudad de los muertos

No hay que ser aprensivo para visitar la **'Ciudad de los muertos'**, cerca de la remota localidad de **Dargavs**, en **Rusia.** Estas casitas tienen más de **400 años**; igual que sus 'inquilinos', que se encerraron en ellas y murieron de una horrible enfermedad llamada la **plaga.** En las casas todavía se ven calaveras, huesos y cuerpos semimomificados. Dice la leyenda que **todo aquel que visite la ciudad muere.**

Es una fiesta más

Cada siete años, los **malgaches** de **Madagascar** desentierran a sus difuntos y hacen una gran fiesta. Durante la celebración del **Famadihana** ('giro de los huesos') envuelven a los muertos con una **tela de seda nueva** y **bailan** con ellos alrededor de la tumba. Después vuelven a enterrarlos.

ÍNDICE

MI PRIMERA LONELY PLANET

PLANETA EXTREMO

Explora lo más alucinante de la Tierra

1ª edición en español · octubre de 2013

Edición en español:
© Editorial Planeta, S.A., 2013

geoPlaneta
Avda. Diagonal, 662-664, 08034 Barcelona
viajeros@lonelyplanet.es
www.geoplaneta.com - www.lonelyplanet.es
© Traducción: Raquel García Ulldemolins, 2013

ISBN: 978-84-08-11985-2
Depósito legal: B. 12.628-2013
Impresión y encuadernación: 1010 printing
Printed in China - Impreso en China

Edición original:
Not-For-Parents Extreme Planet
© 2012 Weldon Owen Publishing

Concepto: Weldon Owen en colaboración con Lonely Planet

Producido por Weldon Owen Publishing
Northburgh House, 10 Northburgh Street
Londres EC1V 0AT, Reino Unido

Lonely Planet Publications (oficina central)
Locked Bag 1, Footscray, Victoria 3011, Australia
☎ 61 3 8379 8000 - fax 61 3 8379 8111
(Oficinas también en Reino Unido y Estados Unidos)
talk2us@lonelyplanet.com.au